「羅生門」の世界と
芥川文学

清水康次 著

HANDAI Livre
066
大阪大学出版会

目次

はじめに

芥川龍之介の「羅生門」といえば、知らない人は少ないだろう。国語の教科書の定番ともなり、日本近代文学の代表的な短編小説の一つという評価を得ている。

この作品の読み方や作者の考え方については、自分で考えた人も、授業で教わった人も多いことだろう。近代文学の中でも大正期以降の作品は、現代の文体と大きな差はなく、なじみのないことばはいくつも出てくるが、全体としては現代人にも読みやすい。しかし、近代文学は明治以来の長い変化の歴史を持つものであり、実は、現代の文学とは異なる点が少なくない。その長い時間を想像してみてほしい。百年前とくらべれば、社会も生活も大きく変化しているのに、文学作品のあり方や表現方法だけは変わっていないとは考えにくい。だから、少し注意して読まないと、現代人であるわれわれが、この時代の作品にふさわしい読み方を見つけることは難しい。もちろん、文学作品の読み方など、読者が好きなように、自分なりの理解をすればよいのだという反論があるだろう。その通りである。ただ、より作品のことばに即した理解というものはある。その作品の表現方法に適応した理解というものもある。われわれの通常の読書は、作品の一字一句にまで目を注いでいるわけではなく、思いがけない読み落としもある。また、なじみのないことばを調べてみることで、その時代の表現としてよりふさわしい受け取り方ができる場合もある。

そうしたものを求めて、一歩、文学研究という領域にふみ込んでみよう。問題はいくつも見つかる。例えば、一連の文章のどこに重要な鍵があるのかと、問うてみよう。それが見つかれば、次には、その鍵が作品全体とどう結びついているのかを問うことになる。もっと別の問題もある。作品はどういう経過をたどって書き上げられたのかという問題。また、当時の文学状況の影響があるのかどうかとか、他の作品とどうかかわるのかなどという問題もある。

そもそも、短編小説ということばの使い方からして、意外にも、近代と現代とでは異なっている。現代のおもな『国語辞典』は、短編小説を量的な長さで定義し、長編小説と区別している。現代は、短編小説の低落の時代、長編小説が主流の時代といわれているが、われわれは、その間に質的な違いを特に意識してはいないだろう。しかし、最大の国語辞典である『日本国語大辞典』（第二版、二〇〇〇～〇二、小学館）ともなると、短さの上に、「普通単一の主題からなり、限られた時間的経過のうちに完結する小説」という説明が加えられている。そして、これは、長編小説の「複雑な事件内容を含み、取材範囲が広く、構想が大きく、人生を全円的に描いたもの」という説明と対比されている。なるほどそう言われれば、量的な違いだけではなく、質的な違いもあると気づかされる。

しかし、例えば、一九二八（昭和三）年七月に刊行された、「大思想エンサイクロペジア」というシリーズの『文芸辞典』（春秋社）を見ると、当時の短編小説というものに対する受け取り方が、今と大きく異なっていることに驚かされる。この一九二八年は、芥川の没年の翌年にあたる。『文芸辞典』と『国語辞典』との比較は平等ではないとしても、「短篇小説」についての七百字近い長文の説明は、まず、このようにはじまる。

特別の法則に従つて創作され、特殊にして明瞭なる芸術様式である。勿論《もちろん》普通の小説との共通点は少くない。例へば材料は有《あ》らゆる方面から取ることが出来る。長篇小説からでも、物語からでも、戯曲からでも、自由に材料を取れる。従つて其等《それら》の形式とは密接なる関係がありながらも短篇小説の異なる点は、此等の形式が持たぬ新しき手法で、興味、簡潔、情緒の印象と統一、漸層的の構想などを包含した点にある。

あれ、短編小説って、特殊な「芸術様式」だったのと、認識の違いにびっくりしてしまう。この『文芸辞典』では、「長篇小説」については、むしろ一時代に比べての衰退が言われている。当時、短編小説は、「普通の小説」とは違う、「新しき手法」とみなされていた。内容については、材料はあらゆる方面から取ることができるというのだから、「普通の小説」と大きくは変わらない。しかし、その扱い方、表現の仕方が違うのである。例えば「漸層的の構想」とは、最後のクライマックスに向かってひたすら盛り上げていく方法をいう。

『文芸辞典』の説明文は、十九世紀中ごろに、この新しい様式を最初に提唱したのはエドガー・アラン・ポーであるとする。ポーいわく、「短篇小説の最も顕著なる特徴は、最初熟考された計画に、選択された支配的力点を置くことに依つて印象の統一を作ることである」と。そして、そのことをふまえて、次のように説明していく。

短篇に於《おい》ては一人の人間の長い生涯を書くやうなことは少《すくな》く、特殊の意義ある瞬間とか経験を描くのであるから、何か一つを強調して其点《そのてん》を躍如《やくによ》たらしむればよい、即ち印象強くなければならない。故に短篇小説は狡猾《こうかつ》に創作された小篇である。冒頭の一句より結末まで、飾られ磨かれ、十分に集中され、結合されてゐなければならぬ。

熟考された構成、情緒の統一、焦点を一つに絞ること、そして、磨きぬかれた表現で最初から最後までつらぬくこと。この条件を満たし、「芸術様式」とまで呼ばれるものが、百年前の短編小説だった。それは、西洋において成立し、明治以降日本に輸入され、日本の短編小説を生み出していく。説明文は、代表的な短編小説家として、ポー、モーパッサン、チェーホフらの名を挙げ、日本については、国木田独歩と芥川龍之介を挙げている。

それから百年間の変化を経た現代の短編小説は、このような条件をそなえた作品もあるが、もっと多種多様な作品を包み込んだ形式になっている。現代の短編小説は、先の『日本国語大辞典』の説明以上に自由な形式として定着している。まだ、目新しい様式であった時代とくらべてみれば、近代文学から現代文学への長い変化の時間があることがわかるだろう。

そこに、「羅生門」という一編の短編小説を読み直してみる意味が生まれてくる。この一編の背後には、現代とは大きく異なる文学状況があるからである。

本書では、芥川の「羅生門」と、それに続く初期作品について考えていく。とりわけ、当時の文学状況と、作品の手本となった先行作品に注目していきたい。まず、前半部分においては、この時代に「羅生門」という作品がどのようにして生み出されていったかを明らかにしていく。そして、完成された「羅生門」を読み解いていく。つまり、芥川が、日本の代表的な短編小説に到達するまでの道のりに光を当てる。

そして、後半部分では、「羅生門」を作り上げた方法と描かれたテーマが、次作以降にどのように引きつがれていくのかを見ていく。「鼻」「芋粥」「偸盗」という三作品を読み解いたうえで、それぞれの作品の方法とテーマの変化を捉えていく。それらを通して、芥川の初期の文学が持つ特質を目に見えるものにしていきたい。

第一章　芥川龍之介が生きた時代と「羅生門」

芥川龍之介の位置

まず、日本の近代文学の上で、芥川のいる位置を見ておこう。

明治以降、作家たちの多くは、西洋文学を模倣し吸収して、次第にそれと肩を並べうる近代文学を作り上げていく。それまでなじんできた江戸時代の文学から離れていき、文学というものを大きく変革することが必要だった。彼らはそれに取り組み、さまざまな試行錯誤の中で、新しい作品を生み出していく。西洋文学を手本として、日本の文学を近代化していくため、多くの労力が費やされた。

なぜ、そんな変革が必要だったのか。それは、大局的には、明治という時代が近代化という名の西洋化を急いだからであるが、より直接的には、当時の文学者たちが、西洋文学のおもしろさに魅了されたからである。西洋の作品の輸入は年々数を増し、日本語訳も少しずつ流布しはじめる。それと並行して、日本の近代文学作品が書かれていった。田山花袋・島崎藤村らの作品が「自然主義」

としてもてはやされ、夏目漱石が創作活動を開始するのが、日露戦争（一九〇四（明治三七）～一九〇五（明治三八）年）とその直後の時期からである。次の世代はより華々しく登場する。『スバル』という同人雑誌（一九〇九～一九一三年）の石川啄木・木下杢太郎・北原白秋。第二次『新思潮』（一九一〇～一九一一年）から登場する谷崎潤一郎。『白樺』（一九一〇～一九二三年）の武者小路実篤・志賀直哉。次々と新しい作家たちが輩出してくる。もっとも、近代の文学史は足なみをそろえて進んでいったわけではない。この時期には、西洋文学を手本にする段階をすでに卒業している作家もいる。芥川は、もう一世代あとである。

芥川は、一九一二（明治四五）年に満二十歳になるが、晩年の「或阿呆の一生」（『改造』一九二七・一〇）の第一章で、当時の自分を描く。タイトルを「時代」としていることから、当時の文学状況と芥川自身との関係のカリカチュア（諷刺画）といえる。

それは或本屋の二階だつた。二十歳の彼は書棚にかけた西洋風の梯子に登り、新らしい本を探してゐた。モオパスサン、ボオドレエル、ストリントベリイ、イブセン、シヨウ、トルストイ、………

そのうちに日の暮は迫り出した。しかし彼は熱心に本の背文字を読みつづけた。そこに並んでゐるのは本と云ふよりも寧ろ世紀末それ自身だつた。（中略）彼はとうとう根気も尽き、西洋風の梯子を下りようとした。すると傘のない電燈が一つ、丁度彼の額の上に突然ぽかりと火をともした。彼は梯子の上に佇んだまま、本の間に動いてゐる店員や客を見下した。彼等は妙に小さかつた。のみならず如何にも見すぼらしかつた。

「人生は一行のボオドレエルにも若《し》かない。」

「或本屋」は洋書を扱う商社丸善である。この「本屋の二階」については、後にくわしく見る。彼は「西洋風の梯子」に登って、西洋文学を見上げるように追いかける。そして、ふと見下ろしたとき、日本の現実の風景のみすぼらしさに失望する。日本の現実に生きるよりも、「一行のボオドレエル」とともにありたい。「或阿呆の一生」の描く自画像は、たとえ日本の現実を捨ててでも西洋文学に近づきたいという思いを示している。「時代」というタイトルが示すように、この西洋文学へのあこがれは当時の大勢でもあったが、彼も、そこに自分の文学活動への動機を見ている。

しかし、自分の内から生み出されてくる自己表現を重んじ、そこから創作活動をはじめるのではなく、外来の文学の模倣から作品を作っていくとはどういうことだったのだろうか。後年の評論の中で、芥川は、そのことに触れ、「芸術上の理解の透徹した時には、模倣はもう殆ど模倣ではない。寧ろ自他の融合から自然と花の咲いた創造である」と述べている（「僻見」「斎藤茂吉」『女性改造』一九二四・三）。模倣するとは理解することであり、理解が徹底すれば、そこから「自他の融合」した創作が生まれると、芥川は言う。例に挙げられるのは、モーパッサンの模倣とされる国木田独歩の「正直者」である。

模倣の痕跡を尋ねれば、如何なる古今の作品と雖《いえど》も、全然新しいと云ふものはない。が、又独自性の地盤を尋ねれば、如何なる古今の作品と雖も、全然古いと云ふものはない。「正直者」は上に述べた通り、独歩モオパスサン組合の製品である。と云ふのは何も署名だけは独歩であると云ふのではない。全篇に独歩の独自性をにじませてゐると云ふのである。すると独歩の見た人生は必しもモオパスサンを模倣することに終始してゐた訳ではない。

文学においては、まったく模倣性のない作品はなく、また、まったく独自性のない作品もない。独歩がモーパッサンの方法を理解して作品を生み出したとすれば、それは、モーパッサンから受けた模倣性と独歩の独自性とを兼ね備えた作品となる、というのが彼の見解である。芥川は、西洋文学をまねて作品を作ることは、自己表現とあい反するものではないと考えている。

さらに、芥川は、「近代の日本の文芸は横に西洋を模倣しながら、竪には日本の土に根ざした独自性の表現に志してゐる」と言う。そこからは、西洋文学から受けた大きな影響力が知られるとともに、日本の近代文学を作ろうとする意欲も読みとることができる。

この問題は短編小説だけに限らない。江戸時代以前から、作品の展開や趣向のおもしろさはあったが、西洋文学にならうことで、書く視点や書く方法を綿密に練り上げていくことができる。より洗練された、より深い意味を内包した小説の制作が可能になる。そのようにして、日本の近代文学が生み出されていく。したがって、近代の（あるいは現代に至るまでの）多くの作家の作品を考える際に、西洋文学に対する模倣性と独自性は大きな鍵になってくる。

そして、すでに独歩のような作家がいたとすれば、そのような作家が生み出した日本の作品も、西洋の作品と同様に、次の世代の手本となってくる。時代が下るにつれて、作家たちの作品はより多くの手本の上に成り立つものとなり、複雑化していく。さらに日本の近代文学作品が作られ続けていけば、文学状況にも変化が生じる。独自性というものについての考え方も違ってくる。やがては、先行文学の影響のめだたない作品を独創的な作品と見なし、それを重んじるという価値観が一般化してくる。

そのような長い近代文学の歴史の中で、短編小説というジャンルにおいて、芥川は早い時期に完成度の高い作品を数多く生み出している。芥川は短命であり、一九一四（大正三）年から一九二七（昭和二）年までという十余年の短い執筆期間しか持っていない。長編小説も試みているが、完成したものはほとんどなく、短編小説に彼の本領はある。しかも、その十余年の間に、芥川は、創作方法を何度か大きく変化させていく。そして、その変化のたびに、短編小説というものの新しい可能性を追求した。後に続く短編小説作家たちは、（直接的にあるいは間接的に）彼の作品に学んで、その技法を利用し、そして変化させていったと考えられる。つまり、芥川龍之介の文学の意義は、日本の近代文学において、先に挙げたような新しい様式としての短編小説をひとまず確立したことにあるといえる。

コラム1　短編小説という様式の問題

短編小説の歴史は、文学史上の大きな問題であり、西洋での研究も日本での研究もあるが、十分に解明が進んでいるとはいえない。大ざっぱにいえば、短編小説は、西洋において十九世紀ごろに、強い特色を持った様式として確立され、日本にも輸入されて発達し、普及していく。しかし、時代が進むにつれて、その特色は多様化し、拡散して、自由度の大きなものとなっていったといえる。

当時の日本での短編小説理論としては、宮島新三郎『短篇小説新研究』（一九二四・九、新詩壇社）や、木村毅『小説研究十六稿』（一九二五・一、新潮社）などが挙げられる。宮島は、西洋の文献に照らして、短編小説を「実験的に出来て来たもの」とし、「単一なる優れた出来事と単一にして主要なる人物とを筋といふ手段を借りて展開し、而《し》かも其の細部は出来るだけこれを圧縮し、且《か》つ其の全体はこれをなるべく有機的に取扱つて単一なる印象を引出すべき、簡潔にして想像的なるお話」と定義している。

近年の研究では、平岡篤頼が、当時の短編小説について、西洋の十九世紀に「黄金時代」を見る研究を踏まえ、モーパッサンを典型として、志賀直哉を視野に入れる。「分量の短さという不利を逆に武器に転化するため、省略と凝縮と集中によってただ一つの話題だけを追う《逸話的短篇》が創造され」、次に「《写実的短篇》」、さらに「《瞬間の短篇》」などが作り出されていったと述べている（平岡著『文学の動機』、一九七九・八、河出書房新社）。

多くの作品を調査して、短編小説をどのように規定するのがよいのかという研究や、時代を経るにつれて短編小説がたどる変化の研究は、これからの文学史の課題といえる。本書は、芥川の「羅生門」と初期作品を見ていくことで、そのような課題についての一つの具体例を示そうとするものでもある。

なお、芥川とポーの関係について付言しておけば、芥川は、いくつもの点でポーを評価している。宮永孝は、芥川が創作において「何よりも留意したのは作品全体の構成」であったとして、ポーからの影響に言及している（宮永著『ポーと日本　その受容の歴史』、二〇〇〇・五、彩流社）が、これは短編小説の問題とかかわるだろう。

「羅生門」の位置

次に見ておきたいのは、芥川の文学の中での「羅生門」の位置である。

「羅生門」は、一九一五（大正四）年一一月号の『帝国文学』に発表され、彼のはじめての短編集である『羅生門』（一九一七・五、阿蘭陀書房）に収録される。「羅生門」は、この集に収められた作品の中でもっとも早く執筆された作品である。この作品以前にも、芥川はいくつかの作品を書いていたが、それらはこの第一短編集に収録されず、いわば捨てられた作品となる。だから、「羅生門」が、彼の処女作に準ずる。しかも、この準処女作は、短編集の表題にもなっているように、早くも彼の文学の一つの達成を見せている。つまり、「羅生門」が書かれるまでに多くの準備がされており、それが、最初の作品における完成度の高さにつながったと考えられる。

ここで、一つの問題が生じてくる。

先に、「或阿呆の一生」の一節から、芥川が、文学活動へ向かう動機を西洋文学へのあこがれに置いているのを見た。しかし、翻訳もまだ多くない時代、英語力を身につけたばかりの青年にとって、どんなにあこがれたとしても、西洋文学はまだ身近な存在ではなかっただろう。ところが、「羅生門」はこの数年後に完成している。芥川が満二十三歳のときの作品である。芥川の読書量の多さと成熟の速さを計算に入れても、西洋文学から学べる時間は短い。

西洋文学へのあこがれが強い動機になったとしても、出発点はより早い時期にあり、西洋文学と出会う以前から文学に対する愛着がはぐくまれていたと考える方が自然だろう。とすれば、芥川をまず惹きつけたのは、江戸時代までの日本の伝統的な文学や、江戸時代に日本に輸入され、翻訳された中国の文学であったことになる。また、彼は、当時書かれはじめていた日本の近代文学も熱心に読んだことだろう。西洋文学の影響は確かに大きく重要であるが、それだけではなく、古今東西の多くの種類の先行文学から芥川の創作活動が準備されていったと考えたい。

事実、「羅生門」は、西洋の短編小説の様式にあてはまるものだが、「今昔物語集」という日本の古典文学を素材としている。その点でも、彼の江戸時代以前の文学への関心の強さがうかがえる。他にも、「今昔物語集」に取材した作品は多く、中国を舞台とした作品も多い。しかし、先の『文芸辞典』の説明から考えれば、十九世紀に西洋で確立された密度の高い短編小説と、日本や中国の古典的な「普通の小説」とは異なる種類の文学である。日本で西洋風の短編小説を作ろうとするなら、近代化していく日本を背景として舞台を作り、近代的な主人公を設定して、西洋の作品をまねて書いていく方が近道だったのではないか。実際、芥川にもそのような作品はある。しかし、芥川の初期の名作と評価される「羅生門」「鼻」「芋粥」は、「今昔物語集」という粗野な材料から作り出されたものである。それは、なぜなのか。日本の古典を材料にしたことが芥川の独自性だという考え方も成り立ちそうだが、それでは、独自性とは素材の問題だけになってしまいかねない。あらためて、素材と芥川作品をくらべて、彼の作ったものがどういうものかを考えてみよう。

コラム2 「今昔物語集」と芥川

「今昔物語集」は、平安時代末期に成立した説話集で、編者は不明である。全三十一巻。「天竺《てんじく》」（インド）、「震旦《しんたん》」（中国）、「本朝《ほんちょう》」（日本）の三部からなる。千あまりの説話を収録し、内容は、釈迦の物語から、歴史上の物語、怪奇譚、盗賊譚まで、さまざまな物語を集めている。いわば、「今昔物語集」は、仏教思想を中核において、当時の日本にとっての全世界の物語を集大成したものといえる。

明治以降もさまざまな形で出版され、読まれ続けたが、難解な部分も多い。

芥川は、これを前半期の作品の材源として多用した。「羅生門」（一九一五・一一）、「鼻」（一九一六・二）、「芋粥」（同・九）、「運」（一九一七・一）、「道祖問答」（同・同）、「往生絵巻」（一九二一・四）、「好色」（同・一〇）、「藪の中」（一九二二・一）、「六の宮の姫君」（同・八）などである。類似の説話集である「宇治拾遺物語」に取材している作品もあり、「偸盗」（一九一七・四、七）、「地獄変」（一九一八・五）、「邪宗門」（同・一〇～一二）のように、多くの説話集や他の分野の作品から材料を集めている作品もある。

芥川作品と「今昔物語集」などの典拠を比較した研究は、長野甞一『古典と近代作家―芥川龍之介』（一九六七・四、有朋堂）をはじめとして数多い。

なお、晩年の芥川は、「今昔物語鑑賞」（一九二七・四）において、「今昔物語集」の「芸術的生命」は「brutality（野性）の美しさ」であると述べている。

作品のもととなった材料を典拠と呼ぶが、典拠には、細かい表現や語句の出所までも含まれる。典拠の中でも、材料となった作品のプロットが、あまり変更されずに使われている場合には、原話という呼び方をする。いい直せば、作品の大筋が一つの典拠にもとづいている場合には、その典拠を原話と呼んでいる。

「羅生門」は、「今昔物語集」の第二十九巻の十八番目の物語「羅城門登上層見死人盗人語」（羅城門の上層《うはこし》に登りて死人を見る盗人《ぬすびと》の語《こと》）を原話とする。この物語の登場人物や展開のおもな部分は、芥川の「羅生門」でも使われている。

後にその全文をあげることにするが、まずは冒頭の文章だけを引用してみよう。現代語訳をあわせて挙げておく。

今は昔、摂津の国辺より盗せむが為に京に上《のぼり》ける男の、日の未だ《（いま）》暮ざりければ、羅城門《らしやうもん》の下に立隠れて立てりけるに、朱雀《すざく》の方に人重り《（しげ）》行ければ、人の静まるまでと思て門の下に待立てけるに、山城の方より人共の数来《あまた》たる音のしければ、其れに不レ見《（み）》えじと思て、門の上層に和《やわ》ら搔《か》つき登《き》たりけるに、……

（今は昔、摂津国《せっつのくに》のあたりから、盗みを働こうと京に上ってきた男が、まだ日が暮れないので、羅城門の下に立ち隠れていたが、朱雀大路のほうはまだ人の行き来が激しい。そこで、人通りが静まるまでと思い、門の下に立って時刻を待っていると、山城《やましろ》のほうから大勢の人がやってくる声がしたので、それに見られまいと門の二階にそっとよじ登った。

「新編日本古典文学全集」第三八巻『今昔物語集④』、二〇〇二・六、小学館、国東文麿訳）

朱雀大路の南の端にある羅生門には人通りが多く、盗人になろうとしている男は、人目につくことを避けようとして右往左往している。文章の密度は低く、先に見たような短編小説の様式にはあてはまらない。

芥川の「羅生門」の冒頭の文章を挙げてみよう。くらべてみてほしい。

或日の暮方《くれがた》の事である。一人の下人が、羅生門の下で雨やみを待つてゐた。広い門の下には、この男の外《ほか》には誰もゐない。唯、所々丹塗《にぬり》の剝《は》げた、大きな円柱《まるばしら》に、蟋蟀《きりぎりす》が一匹とまつてゐる。羅生門が、朱雀大路《すじやくおほぢ》にある以上は、この男の外にも、雨やみをする市女笠《いちめかさ》や揉烏帽子《もみえぼし》が、もう二三人はありさうなものである。それが、この男の外には誰もゐない。

盗人になろうとしていた主人公は、雨やみを待つ下人に変わり、人通りの多い羅生門は、人のいない空間に変わっているが、そういう内容の違いよりも、表現としての質の違いが著しい。原話の文章は、ほとんど芥川独自の文章に変わっている。『文芸辞典』の「冒頭の一句より結末まで、飾られ磨かれ、十分に集中され、結合されてゐなければならぬ」という解説が思い出される。模倣性と独自性といっても、それは、別々のもののつぎはぎではない。古典文学の素材が、西洋の短編小説にあてはまるものに高められてこそ、優れた作品になる。

芥川が、「羅生門」に独自のテーマを持ち込もうとしていたとすれば、大筋は変えないと言っても、内容にも改変が必要である。しかし、それ以上に、表現については、作品全体におよぶ大幅な加工が必要であった。原話と「羅生門」のへだたりは大きい。けれども、この大きなへだたりを逆に捉えてみれば、むしろへだたりの大きさこそが密度の高い作品への転換を可能にしたのではないかとも考えられる。なぜなら、そこに、作者が、西洋文学などから学んできた表現技巧を思うままに持ち込めるからである。

粗野な素材に、獲得した技術や表現したい意味を何重にも彫り重ねていけば、独自の作品世界が作り出せる。それが成功すれば、目新しい作品が誕生する。とすれば、「今昔物語集」からの取材が、実は非常に有効な選択であったと見ることができる。

空間造形という表現法

しかし、芥川以前にも、古典的な素材を書き直した近代文学作品は数多くあった。それらと芥川作品とでは、どのような点に違いがあるのだろうか。その違いは、『文芸辞典』のいう「新しき手法」、つまり飾られ磨かれた表現にある。さらにいうなら、冒頭から結末までを、その密度の高い表現でつらぬいているかどうかにあるといえる。

例えば、右に掲げた「羅生門」の冒頭の文章では、芥川は、門の下に空間を造形している。原話からも、門の下の空間性が読めないわけではないが、彼は、それをはっきりとした形に変え、さらに、原話とは反対に人のいない静寂な空間に作りかえている。素材に自在な加工を施していく作業は意識的であり、いきとどいた計算がされていた。そのことは、後に「羅生門」を読みながら確かめていきたい。

ことばによって空間を作るためには、ことばを造形的に使う技法を習得していることが必要である。巧みなことばの使い方を、芥川は、いくつもの優れた表現を読み取ることから、身につけていったのだろう。

一例を挙げれば、森鷗外の「阿部一族」（『中央公論』一九一三・一）の一節にも、よく似た表現がある。主君細川忠利に殉死する内藤長十郎の切腹の前の場面である。

母は母の部屋に、よめはよめの部屋に、弟は弟の部屋に、ぢつと物を思つてゐる。主人は居間で鼾《いびき》をかいて寝てゐる。開け放つてある居間の窓には、下に風鈴を附けた吊葱《つりしのぶ》が吊つてある。その風鈴が折々思ひ出したやうに微《かす》かに鳴る。その下には丈《たけ》の高い石の頂《いただき》を掘り窪めた手水鉢《てうづばち》がある。その上に伏せてある捲物《まきもの》の柄杓《ひしやく》に、やんまが一疋《ぴき》止まつて、羽を山形に垂れて動かずにゐる。

焦点となる人物のほかには誰もいない静寂な空間（あるいは時間）が、みごとに造形されている。鷗外の持つ優れた表現技巧が生きている文章である。

芥川は、「読んで読み飽かない、読む度に寧今《むしろ》までの気のつかない美しさがしみ出して来る」ような文章が「ほんとうのスタイル」であると語り、鷗外の文章がそれであると高く評価している（「ほんもの、スタイル」、『中央文学』一九一七・一一）。また、鷗外の作品を熱中して読み、「阿部一族」がおもしろいものの一つであったと記した書簡（広瀬雄宛、一九一三・八・一九）もある。

したがって、「羅生門」の空間を造形する際に、右の文章が参考にされた可能性がある。静寂な時空が、事件の起こる直前に描かれているという共通性があり、細部の表現においても、「やんま」と「蟋蟀」とがどちらも静寂を強調する役割を果たしているという類似性がある。ただ、「阿部一族」の文章が、「羅生門」の文章の直接的な典拠であったかどうかは決めがたく、またそれを決めることは重要ではない。重要なのは、この一例が示すように、さまざまの作品に見られる優れた表現を学び取ってこそ、「羅生門」のような短編小説の表現が可能になるということである。

二つの文章の表現技巧について、もう少し説明してみよう。

鷗外の文章が作り出すのは、江戸時代の武家の邸内である。そこに生まれる一時の静寂を描くために、「風鈴」「吊荵」「手水鉢」「捲物の柄杓」という小道具、いいかえればことばが並べられている。これらのことばの作り出すイメージが、時代や状況とみごとに溶けあっている。芥川の言うように、読み飽きない、表現としての美しさを感じさせる。

一方、芥川の文章が作り出すのは、平安朝の都の門の下である。「阿部一族」の文章と並べてみれば、ここでも、「丹塗」「円柱」「市女笠」「揉烏帽子」ということばが並べられていることに気がつく。こちらは、「市女笠」も「揉烏帽子」もいない空間である。作品の中の空間のイメージが、これらのことばによって作り出される。芥川は、鷗外と似た表現力を見せ、鷗外と同じようにことばの果たす役割を理解している。

こうした表現技法や造形方法は、先行作品から学んだものであっても、一つの典拠から生まれるとは限らない。むしろ、複数の類似した表現を読む体験を重ねていく中でつちかわれていくと考えられる。そこで、本書では、一つの原典から意図して借用された典拠だけではなく、積み重ねた読書の中で学び取られていったものにも注目していきたい。そのために、先行作品の表現が芥川作品の表現に類似しており、典拠と特定できないとしても、参考にしたと考えうる場合、それを類似形象と呼ぶこととする。つまり、芥川の作品は、典拠を持っているだけではなく、同時に、多くの類似形象に支えられて生まれてくると考えたい。

作品について、その典拠を追求する研究は大切である。しかし、典拠をただ一つに限定して、そこから作品や文章が作られたという考え方は、あまりに単純すぎるだろう。実際に作家が作品を書いている現場を想像してみれば、作家は、いくつものストーリーや、いくつもの表現を思いうかべながら、一つのものを選んでいくと考えられる。芥川の頭の中には、多くの先行作品の表現がいくつもの可能性として蓄えられており、その中から最終的に典拠に近い形が選び出されてくる。そう考える方が、作品の世界がより豊かになる。また、作品を書くという行為にも近づくことができるだろう。

芥川は、先行作品を大量に読みこみ、書く方法や技術を習得し、また、選択肢をふやしていく。多くの作品に接し、さまざまな表現を吸収し、膨大な量のことばを集めていかなければ、「羅生門」のような短編小説は生まれてこない。とすれば、まず、芥川がどのような読書体験をしてきたのかということを見ておかなければならないだろう。

第二章　芥川の読書遍歴

1　「本」に魅せられた少年

広範囲の読書への没頭

芥川の読書は、小学校時代の貸本屋の講釈の本からはじまる。つまり、江戸時代、高座で民衆に読み聞かせた、お家騒動や軍記や武勇伝などの物語を、本としてまとめたものから彼は読みはじめる。

私はそれを端から端まですつかり読み尽してしまつた。さういふものから導かれて、一番最初に『八犬伝』を読み、続いて『西遊記』、『水滸伝』、馬琴のもの、三馬のもの、一九のもの、近松のものを読み初めた。徳富蘆《ママ》花の『思ひ出の記』や、『自然と人生』は、高等小学一年の時に読んだ。（中略）中学時代には漢詩を可成《かな》り読み、小説では、泉鏡花のものに没頭して、その悉くを読んだ。その他夏目さんのもの、森さんのものも大抵皆読んでゐる。
（「私の文壇に出るまで」、『文章倶楽部』一九一七・八）

芥川は幼いころから読書家であった。少年時代、身近にあった文学作品は、まず江戸時代の文学作品であり、また、江戸時代に翻訳されて、明治時代に「帝国文庫」（博文館）などに再録された中国の物語類（「西遊記」「水滸伝」「三国志演義」など）である。近代以前の日本で読まれていた文学が、最初の愛読書であったことが確認される。そして、この読書は、いずれ忘れ去られるような幼少期の読書体験に終わるのではなく、彼の文学の最下層の素地となり、なじみのある世界として残り続ける。彼の創作活動の準備はここからはじまっていた。そのことは、本書の中でさまざまな形で現れてくるだろう。

彼が、江東尋常小学校の高等科に進学するのは、一九〇二（明治三五）年、満一〇歳のときである。このころから、日本の近代文学作品に目が向き、当時の代表的な作品が読まれていく。彼は特に泉鏡花の作品に没頭した。一九〇五（明治三八）年、東京府立第三中学校に入学。夏目漱石が文学活動を開始する年である。

西洋文学がさかんに輸入され、そこに多くの目が注がれていたが、翻訳はまだ少なく、大量に西洋文学が読めるようになるのは外国語の学力を身につけてからである。文壇において大きな影響を与えていた西洋の文学作品は、まだ少年のもとには届いて来なかった。

コラム3

「八犬伝」「水滸伝」と芥川

「八犬伝」は「南総里見八犬伝」。江戸時代の読本《よみほん》と呼ばれるジャンルに属する長編の物語。作者は曲亭馬琴。全九輯一〇六冊。室町時代に舞台を設定し、安房《あわ》の国主里見義実の娘伏姫《ふせひめ》から放たれた、八つの玉をそれぞれに持つ武者（八犬士）たちの活躍を描いたもの。勧善懲悪と因果応報を全編をつらぬく原理とする。「水滸伝」の影響を受けて書かれた。

「水滸伝」は中国の明の時代の長編の物語。宋代の宋江の乱を題材とした講釈が発展し、まとめられたもの。宋江ら一〇八人の群盗（英雄）が山東省の梁山泊に集まって義を誓って活躍する。江戸時代に広く読まれ、日本語訳も多数刊行された。曲亭馬琴と高井蘭山による『新編水滸画伝』（九編九一冊、一八〇五～?年）もその一つ。小学校時代の芥川が読んだ「水滸伝」は、原文ではなく、「帝国文庫」の第三六編・第三七編に『校訂水滸伝』上巻・下巻（一八九五・一一、一二）として再録された、この「新編水滸画伝」である。その後、高等学校・大学時代の中国の小説の乱読時期には、原文で読み直していたと考えられる（一九一三・七・二二、藤岡蔵六宛書簡）。

「帝国文庫」は、博文館刊行の叢書。正編五〇編（一八九三～一八九七年）、続編五〇編（一八九八～一九〇三年）。「源平盛衰記」「真書太閤記」「南総里見八犬伝」などの江戸時代に読

まれていた日本の文学と、「通俗漢楚軍談」「水滸伝」などの中国の物語の翻訳とを幅広く収録し、長く読者を獲得し続けた。
なお、後に触れるが、芥川は、「仙人」（一九一六・八）で、「水滸伝」を部分的な典拠として用いる。また、彼の「戯作三昧」（一九一七・一〇〜一一）は、曲亭馬琴を主人公とする小説であるが、この作品には、馬琴が「水滸伝」を読む場面も描かれている。「水滸伝」のような中国の物語と、「八犬伝」のような江戸時代の物語とは、芥川の中では分かちがたく結びついていたと考えられる。

次の時期の芥川の読書を見ていこう。

中学から高等学校時代にかけて、徳川時代の浄瑠璃や小説を読んだ。（中略）次には西洋のものを色々読み始めた。当時の自然主義運動によつて日本に流行したツルゲーネフ、イブセン、モウパスサンなどを出鱈目《でたらめ》に読み猟《あさ》つた。高等学校を卒業して大学に入つてからは、支那の小説に転じて、『珠邨談怪』や、『新斎諧』や、『西廂記』『琵琶記』などを無闇と読んだ。又日本の作家のものでは、志賀直哉氏の『留女《るめ》』をよく読み、武者小路氏のものも殆《ほとん》ど全部読んだと思ふ。

（同前）

一九一〇（明治四三）年、満十八歳の芥川は第一高等学校に入学する。「自然主義」とそれに対抗する文学の競い合う時代である。文壇の様相が芥川の目にも入り、そこから、西洋文学を数多く読んでいくことになる。東京帝国大学英文科への入学は、一九一三（大正二）年。一九一〇年に創刊された『白樺』への注目が特筆されている。志賀直哉が、『白樺』に掲載した作品を中心に第一短編集『留女』を刊行したのは、この一九一三年であり、芥川が文壇の動きを追いかけている様子がわかる。その一方で、芥川は、少年時代から親しんでいた中国文学、特に明・清代の作品類を、今度は中国語の原文で読んでいる。

このような読書遍歴を見てくると、芥川の頭の中で、さまざまな文学作品が層をなして堆積していく様子がうかがわれる。江戸時代の文学、中国の明・清代の文学、日本の近代文学、そして西洋文学が積み重なっていく。当時の流行にも影響されながら、読書量は増加し続け、彼の頭の中には、古今東西の先行文学が蓄積されていった。

後年の自伝的な小説「大導寺信輔の半生」（『中央公論』一九二五・一）の「本」と題する章では、主人公の本に対する情熱は小学校時代からはじまったとあり、この情熱を彼に教えたものは、父の本箱にあつた「帝国文庫」本の「水滸伝」だったとされている。先の文章とは少し順序が異なるが、少年の最初の愛読書の種類は変わらない。信輔は「水滸伝」に熱中し、その登場人物になりきり、物語の世界を想像して楽しむ。

その想像は現実よりも一層現実的だつた。彼は又何度も木剣を提げ、干し菜をぶら下げた裏庭に「水滸伝」中の人物と——一丈青扈三娘や花和尚魯智深と格闘した。この情熱は三十年間、絶えず彼を支配しつづけた。

彼は、読むことに没頭するだけでなく、作品の中の世界を、作品の外の現実の世界に引き出してくる。彼にとって、読むことは、フィクションの世界を自分の現実として生きることであった。成長するにつれて対象は変化していっても、同じように彼は本に向かい続けたという。

彼は本の上に何度も笑つたり泣いたりした。それは言はば転身だつた。本の中の人物に変ることだつた。彼は天竺《てんじく》の仏のやうに無数の過去生を通り抜けた。イヴアン・カラマゾフを、ハムレットを、公爵アンドレエを、ドン・ジユアンを、メフイストフエレスを、ライネツケ狐を、——

少年時代に、自分が英雄譚の主人公のようにふるまって楽しむことはめずらしいことではない。しかし、中学生になっても高校生になっても、彼は、小説の主人公の生を彼の現実として体験したという。その「転身」の例には、西洋文学の登場人物が多くなってきている。対象が「水滸伝」の登場人物であれば、それになりきって遊ぶだけだが、「イヴァン・カラマゾフ」（ドストエフスキー「カラマーゾフの兄弟」の次男）の生を体験するとなると重さがまったく変わってくる。

かう言ふ信輔は当然又あらゆるものを本の中に学んだ。少くとも本に負ふ所の全然ないものは一つもなかつた。実際彼は人生を知る為に街頭の行人を眺めなかつた。寧ろ行人を眺める為に本の中の人生を知らうとした。それは或は人生を知るには迂遠《うえん》の策だつたのかも知れなかつた。が、街頭の行人は、彼には只《ただ》行人だつた。彼は彼等を知る為には、――彼等の愛を、彼等の憎悪を、彼等の虚栄心を知る為には本を読むより外はなかつた。本を、――殊に世紀末の欧羅巴《ヨーロッパ》の産んだ小説や戯曲を。彼はその冷たい光の中にやつと彼の前に展開する人間喜劇を発見した。いや、或は善悪を分かたぬ彼自身の魂をも発見した。

現実よりも本が、彼に人間を、人生を教えてくれる。読むことによって、彼は、作品の持つテーマや思想や情感を理解するとともに、登場人物たちの生を体験していく。それだけではなく、現実の女性からは得られなかったほどの「女の美しさ」を、その「日の光を透かした耳や頰に落ちた睫毛《まつげ》の影をゴオテイエやバルザツクやトルストイに学んだ」とも言う。美や自然を見る目も、それをことばにする表現技法も、このように本の世界に溺れるなかで獲得されていった。

貸本屋・公共図書館・大学図書館

とはいえ、自伝的な作品であるとしても「大導寺信輔の半生」はあくまでも小説である。そのすべてを芥川の実像と認めることはできない。実際、大導寺信輔という人物像には、芥川がたどってきた半生への誇張や自嘲が多く含まれている。しかし、人物像としては実際との違いがあるとしても、読書遍歴のありようを見ることは誤りではないだろう。

その根拠は、以下のような文章には、芥川自身の少年時代の現実がそのまま写されていると考えられるからである。貧しい信輔が、大量の本を手にできたのは、貸本屋や図書館のおかげだったと書いている部分である。貸本屋を卒業した彼は、次に図書館に通いはじめる。

彼は――十二歳の小学生は弁当やノオト・ブックを小脇にしたまま、大橋図書館へ通ふ為に何度もこの通りを往復した。道のりは往復一里半だつた。大橋図書館から帝国図書館へ。彼は帝国図書館の与へた第一の感銘をも覚えてゐる。――高い天井にに対する恐怖を、大きな窓に対する恐怖を、無数の椅子を埋め尽くした無数の人々に対する恐怖を。（中略）それから大学の図書館や高等学校の図書館へ。彼はそれ等の図書館に何百冊とも知れぬ本を借りた。

当時は、東京にさえ公共の図書館はほとんどなかった。博文館の大橋佐平・新太郎親子によって創設された大橋図書館の開館は一九〇二（明治三五）年六月、芥川が満十歳の時である。当時の最大級の出版社である博文館が、木造二階建ての本館と煉瓦造り三階建ての書庫からなる図書館を建設する。開館当初の蔵書は三万冊。新刊書も多く、気軽な雰囲気で、開館の日から閲覧者が殺到したといわれる。

大橋図書館はまた図書資料の閲覧できるものを一二歳以上と定め、児童閲覧室を設けて児童への読書普及にも積極的に取組んでいた。また大橋図書館の閲覧料は一回につき三銭、但し新聞雑誌室及び児童閲覧室の閲覧料は一銭五厘とすると定められていて、その料金額は帝国図書館など国費をもって運営される図書館に比べても決して高いものではなかった。

（佐藤政孝『東京の近代図書館史』、一九九八・一〇、新風舎）

先の文章に「十二歳の小学生は」とあったことを思い出してほしい。芥川は、大橋図書館が利用できる年齢になるのを待ちかねるようにして、遠路をいとわず通い詰める。

一方、書籍館、東京図書館等の変転を経て形を整えてきた帝国図書館は、一九〇六（明治三九）年三月に上野公園内に新館を建設する。現在の国会図書館の前身でもある。新築された帝国図書館は、洋風三階建ての大建築であり、五十万冊収蔵可能の九階建ての書庫をあわせ持った。利用の許可は、満十五歳以上のものに与えられる。つまり、新館の開館時には、満十四歳の芥川はまだ入館できない。

十二歳の小学生は大橋図書館に通い、やがて新築された帝国図書館に通うことになる。この少年の読書遍歴は具体的で、史実とも符合している。そして、巨大な洋風建築の館内で感じた「恐怖」にも現実感がある。日本の近代化の歴史に寄りそうように、彼の読書は貸本屋にはじまり、やがて建造されたばかりの大規模な図書館に向かう。この魅入られたように本を求めてさまよう少年の姿に、芥川自身を見ることができるだろう。

2　西洋文学への接近

丸善の二階

芥川の読書の対象は次第に西洋文学に傾いていく。一九一三（大正二）年、芥川は帝国大学の英文科に進学し、本格的に西洋文学に向かいあう。そして、彼は、英米文学だけでなく、フランス文学やロシア文学も、ほとんどを英訳本で読んでいった。

明治・大正時代の文学青年にとって、西洋の原書を扱った丸善が果たした役割を、田山花袋は、『東京の三十年』（一九一七・六、博文館）の「丸善の二階」の章に記している。

十九世紀の欧洲大陸の澎湃《ほうはい》とした思潮は、丸善の二階を透して、この極東の一孤島にも絶えず微《かす》かに波打ちつゝあつた（中略）兎に角、この欧洲大陸の大きな思潮の入つて来た形は面白かつた。三千年来の島国根性、武士道と儒学、仏教と迷信、義理と人情、屈辱的犠牲と忍耐、妥協と社交との小平和の世界、さういふ中に、ニイチエの獅子吼《ししく》、イブセンの反抗、トルストイの自我、ゾラの解剖が入つて来たさまは偉観であつた。

日本橋にあった商社丸善は、一階を洋品販売スペースとし、二階が洋書の販売スペースであった。ちょうど鎖国時代の長崎のように、丸善の二階は、西洋に向かって開かれた小さな窓であったといえる。花袋が「勿論、それが最初から正しく入つて来たか何《ど》うか」と述べるように、誤解や曲解も多かっただろうが、輸入の速度と熱は激しかった。一九一〇（明治四三）年五月には、丸善は煉瓦造り四階建ての新築社屋を落成する。芥川が通うのはこの丸善である。

寺田寅彦は、「丸善と三越」（『中央公論』一九二〇・六）という文章で、明るく広々とした新築の丸善の二階の様子を詳しく書き記している。彼は、日曜日には、どういう本を買うあてがあるわけでもなく、丸善に向かうと言う。階段を上って、まずドイツの本の場所へ行き、次にフランスの本の場所へと旅をするように移動する。その先には、英米の新刊書を並べた露店式の台が二つ並んでいる。そこは、当時世間で騒がれていた政治問題や社会問題の「流れ込んだ少数な樋口《といぐち》」であると語られ、日本に新しい思潮の広まる源泉とみなされている。

文学書については次のようにある。

丸善の二階の北側の壁には窓がなくて、そこには文学や芸術に関する書籍が高い所から足もとまでぎっしり詰まっている。文学書では、どちらかと言えば近代の人気作家のものが多くてそれらが最も目につきやすい所に並んでいる。中学時代にわれわれが多く耳にしたような著名な作家の名前はここではあまり目に立たない。（中略）

Everyman's Library などのぎっしり詰まった棚が孤立して屏風のように立っている。自分がいちばん多く買い物をするのはまずここらである。実際こんなありがたい叢書はない。容易に手に入らないか、さもなければ高い金を払わなければならない物が安く得られるのである。（中略）それだから丸善の二階でも各専門の書物は高い立派なガラス張りの戸棚から傲然として見おろしている。片すみに小さくなっているむき出しの安っぽい棚の中に窮屈そうにこの叢書が置かれている。

もっとも新しい本がめだつ位置に幅を取って置かれ、「エブリマンズ・ライブラリー」のような過去の名著を集めた廉価な叢書は、有益なのに冷遇されている。寺田は、丸善の二階の様子を書きながら、当時の読書に二つの種類があったことを伝えている。そして、寺田は、やや古くなったとはいえ、名著の廉価本によって「自由に四方が見渡される」読み方があまり利用されておらず、新しいものを性急に求める「狭い眼界」の読み方が優先されていることを批判している。近代化を急ぎ、最新の西洋をいち早く取り入れようとする社会のあり方は、この丸善の二階にも反映していた。

芥川の洋書の購入と所蔵

ところで、西洋においても、洋装本の小説類が普及したのは遠い過去の話ではない。活版印刷が普及した後にも、小説を含めて本は一般に高価で、限られた階層の人々のものであった。十八世紀から十九世紀の間にさまざまな刊行方法が試みられ、それによって読者層が広がり、文学書が流布するようになる。さらに、新刊書の他に、廉価本の叢書が登場してくる。ドイツの「レクラム文庫」の発刊は一八六七年であるが、寺田が内容の質の高さと価格の安さを称賛しているイギリスの「エブリマンズ・ライブラリー」の発刊は一九〇六年である。

「エブリマンズ・ライブラリー」の構想がはっきりとした輪郭をとりはじめたのは一九〇四年から一九〇五年にかけてのことであった。（中略）かれ（引用者注――J・M・デント、一八四九―一九二六年、一八八八年創立の出版社デント社社主）の構想は、まず詩、ロマンス、哲学、神学、小説、児童読み物の古典、歴史など一二項目にわたって総点一、〇〇〇冊、それを一度に五〇冊ずつまとめて発行するというものであった。（中略）イギリスの作家についていえば、ちょうどこの頃、一九世紀の代表的な作家たち、テニソン、ブラウニング、カーライル、ディケンズなどがつぎつぎと著作権切れになりつつあり、企画を実行に移す絶好の機会でもあった。

（清水一嘉『イギリス近代出版の諸相――コーヒーハウスから書評まで』、一九九九・一二、世界思想社）

西洋の名著が、廉価本のライブラリーとして刊行されたのは、近年のことである。ただし、日本においても、これに匹敵するものは「岩波文庫」からはじまる文庫本であろうが、その発刊は一九二七（昭和二）年になる。昭和期になっても、それだけの文化的な時間差があったこともふまえておく必要がある。

さて、芥川は、どのような洋書を購入し、読んでいたのだろうか。

日本近代文学館には、作家やその遺族から寄贈された蔵書や資料が、多数のコレクションとして所蔵されている。その一つに「芥川龍之介文庫」がある。芥川の没後、遺族から寄贈された三千冊近い旧蔵書と資料類が中心である。つまり、「芥川龍之介文庫」を利用することで、芥川が実際に所持し、読んだ本を見ることができる。中には、彼の書き込みのある本もある。もちろん、芥川が亡くなったときに書架にあったものと考えられるので、彼の読んだもののすべてがわかるわけではない。それでも、所蔵されている大量の洋書と漢籍から、彼の読書傾向や読書範囲も推測できる。芥川文学の研究には不可欠な貴重な資料である。その中の洋書には、やや高価な最新の流行の文学書とともに、廉価本の叢書も数多く含まれている。芥川の英語での読書は、先の二つの種類の読み方を併用するものであったといえる。

最新のものを求める性急な風潮を寺田は批判していたが、時代は、読者にそれを選ばせる。丸善の広告もあと押しをして、新刊の書物に青年たちが群がる状況が作り出される。明治末期、一人の作家がそのようなブームの対象となった。その作家、アナトール・フランスの作品を翻訳することから、芥川の文学活動がはじまる。そうしてまた、このアナトール・フランスへの注目から、「羅生門」への道のりもはじまることになる。

第三章 「羅生門」までの道のり

1 文学活動の開始とアナトール・フランス

道のりのはじまり

この章で明らかにしようとする「羅生門」への道のりについて、あらかじめ要点を記しておきたい。筆者は、「羅生門」以前に、そこに至る経由地となった作品が書かれていたと考えている。それは、アナトール・フランスの作品を模倣した「仙人」という作品である。「仙人」は、その文末の日付から、一九一五（大正四）年七月二三日に完成した作品と知られる。「羅生門」の完成は同年九月であるので、二カ月ほど前に書かれた作品である。「仙人」の発表は遅く、一九一六（大正五）年八月の『新思潮』に掲載されるが、芥川の単行本（短編集）には収録されなかった。

この「仙人」を書き上げるために、芥川は、アナトール・フランスの作品を模倣するだけでなく、人物像と舞台を中国の「聊斎志異」や「水滸伝」から拾い、さらに、鷗外の翻訳した作品などを取り込んでいく。そこには複雑な成立過程があり、それを点検していけば、彼が、先行文学の読書から一つの作品を生み出していく様子が見えてくる。そして、「仙人」完成の翌月（八月）と推定される「今昔物語集」の熟読をきっかけとして、「仙人」が「羅生門」に置き換えられていったというのが、筆者の考える「羅生門」誕生の道のりである。

まず、芥川とアナトール・フランスとのかかわりから見ていきたい。

芥川の文学活動は、第三次『新思潮』（一九一四・二〜九、全八号）の同人となったことからはじまる。同人は、山宮允《さんぐうまこと》、山本有三、豊島与志雄《とよしまよしお》、久米正雄、芥川龍之介（筆名「柳川隆之介」）、土屋文明（筆名「井出説太郎」）、成瀬正一（筆名「松井春二」など）、佐野文夫、松岡譲、菊池寛（筆名「草田杜太郎」）の十名。東京帝国大学文科大学の学生たちの同人誌である。

創刊号に、芥川は、アナトール・フランスの「バルタザアル」の翻訳を発表する。彼の発表したはじめての作品である。続いて、イエーツの翻訳「「ケルトの薄明」より」、「春の心臓」、小説「老年」、戯曲「青年と死と」などを掲載している。しかし、「老年」や「青年と死と」は単行本には収録されない。自信の持てる作品ではなかったのだろう。第三次『新思潮』の時期は、彼の習作期である。

「バルタザアル」の翻訳は、一九〇九（明治四二）年ごろからのアナトール・フランスのブームを受けてのものである。

日本におけるアナトール・フランスは、明治四十一〜二年を境として、質量ともに異った様相を呈してくる。それはLotus Libraryの一冊、E. Tristanによる英訳《Thaïs》の輸入、およびそれに続くJohn Lane版英訳アナトール・フランス全集の出版・輸入を契機としてである。丸善商社書店のはでなPRもあって英語を解する人びとが、「丸善へ駆けっこ」してこの英訳A・フランスをもとめ、いわゆる猫も杓子《しゃくし》もアナトール・フランスという現象をみることとなる。

（唄脩「日本におけるアナトール・フランスについての比較文学的考察
——資料を通してみたその移植過程Ⅰ」、『成城文芸』一九六二・七）

芥川の「バルタザアル」の翻訳の原文は、右に挙げられている「英訳アナトール・フランス全集」（The Works of Anatole France in an English Translation）から取られている。詳しく言えば、全集の一冊として刊行された短編集*Balthasar*（1909, London, John Lane）に収録されている、同名の小説である。つまり、芥川訳「バルタザアル」は、原文からの翻訳ではなく、英訳本からの重訳であった。先に触れた日本近代文学館の「芥川龍之介文庫」には、アナトール・フランスの著作が四十点近く所蔵されているが、その中にはこの英訳の全集が多数含まれており、*Balthasar*もその一冊である。

コラム4

アナトール・フランス

アナトール・フランス（Anatole France，一八四四―一九二四年）は、フランスの小説家、批評家。現在では話題になることは少ないが、当時は西洋で多くの注目を浴びていた。代表作は、「シルヴェストル・ボナールの罪」（一八八一）、「タイス」（一八九〇）、「現代史」（一八九七〜一九〇一）、「神々は渇く」（一九一二）、随筆集「エピキュールの園」（一八九四）など。ドレフュス事件に深くかかわり、社会主義思想に接近する実践家としての側面も持つ。一九二一年にはノーベル文学賞を受ける。日本でも、大正・昭和期に多くの翻訳が刊行されている。

ブームとなった当時の日本での評価を見ておこう。

『アナトール・フランス短篇傑作集』（一九一〇・二、三教書院）の翻訳者若月紫蘭《わかつきしらん》は、冒頭の「アナトール・フランスの小伝」において、「彼は仏国の他の自然派の小説家と趣を異にし」、「其作には学者的、哲理的の傾向が絶えず現はれて居る、けれども此学者的な哲理的な所を包むには、軽い滑る様《すべ》な頓才と愉快な心持の善い悪意のない嘲笑と、暖かい愛嬌のある反語とを以てして有るので、読んで見て何となしに心持が善い」と述べている。

生方敏郎《うぶかたとしろう》は、「アナトール・フランス研究」（『早稲田文学』一九〇九・七〜九）の中で、「批評家若しくは超越的態度」と「実行的若しくは執着的態度」の二面性を持ち、文芸批評家にも、社会改革の主唱者にも、諷刺家にも変化すると述べている。フロベールやゾラよりも新しく、理知的でもあり、行動的でもありうる多面性が、当時の日本の文壇でも魅力とされていたと考えられる。

最新の西洋文学への関心

明治期を通して、西洋文学は次々と輸入されてくるものの、正確な理解や創作技術の習得にはなかなかたどり着けなかった。西洋文学に魅力を感じることには時間はかからないが、同じような作品を作ることは難しい。現代では教わるまでもなく身についていく小説作法も、当時は、強い熱意を持った学習がなければ獲得できなかった。日本で近代文学が形をなし、定着していくためには、現代人が想像するよりもはるかに多くの時間がかかっている。

この時代には、多くの作家が西洋文学の翻訳から文学活動をはじめている。翻訳は、本来、外国の名作を自国の読者に広く読んでもらうためのものである。しかし、近代文学の形成期においては、翻訳者自身が西洋文学というものを学び、その書き方を身につけるための手段でもあった。翻訳することによって、西洋風の文学作品を日本語で書く方法が理解できる。より新しいものを翻訳すれば、最新の創作方法を知ることになる。だから、文学青年たちは、より新しいものを競い合って求める。そして、芥川もまたその一人であった。まだ翻訳家と創作家が分業されていない時代であり、翻訳だけを仕事とする専門家はまれであった。翻訳の精度についても、原典に忠実であることがきびしく要求されていたわけではなく、原文からの翻訳ではなく、いったん他の言語に翻訳されたものからの重訳も許容される。そして、原作者や翻訳者の著作権もほとんど考慮されなかった。

実際に、芥川はどんな翻訳をしていたのだろうか。「バルタザアル」の一節を挙げておこう。

作品は、古代エチオピアの王バルタザアルが、シバの女王バルキスに恋をするが、バルキスに翻弄され、煩悶の果てに、自分の中の淫欲に打ち勝つというストーリーである。そして、バルタザアルは、イエス・キリストの誕生を祝する三賢人の一人になったという、キリスト教伝説の周辺に位置する作品である。引用する一節は、バルタザアルがバルキスと二人で下町に行き、いざこざをおこして傷つき、逃げていく場面である。

……間もなく聞えるのは唯血の滴る音ばかりになつた。血はバルタザアルの額からバルキスの胸に滴るのである。
『わたくしはあなたを愛して居りますわ』とつぶやくやうに女王が云つた。
雲を洩れる月の光で王は女王の半ば閉ぢた眼が水々しく、白くかがやいてゐるのを見た。二人は小川の水のない河床を、下つて行くのである。不意にバルタザアルが苔に足を滑らせた。二人は緊く抱きあつたまま、二人は地に仆《たお》れた。永遠に歓楽の淵に沈んで行くやうな気がする。世界も二人の恋人には何処かへ行つて仕舞《しま》つた。夜があけて石間の窪地へ羚羊《かもしか》が水をのみに来た時にも、二人はまだ時間を忘れ、空間を忘れ、別々の体を持つて生れた事を忘れて、温柔の夢に耽つてゐたのである。

右の文章には、当時はもちろん、昭和期になっても残る翻訳臭がほとんど感じられない。正確な逐語訳ではなく、むしろ日本語の文章としてなめらかさがめざされていたのだろう。実際には、「バルタザアル」の訳文のすべてがこれほど読みやすいわけではないが、このような訳文を作るためには、かなりの苦心が必要だっただろう。こうした翻訳の努力を通して、まず、彼は、西洋文学にならって日本の作品を作ることができる文章力を身につけていった。

この「バルタザアル」は、後に『新小説』の一九一九（大正八）年七月号に再び掲載され、第三短編集『影燈籠』（一九二〇・一、春陽堂）に収録される。再掲載の際に、文章の末尾に「Mrs John Lane の英訳より」と記され、重訳であることが示される。また、冒頭には、当時を回顧する文章がつけ加えられている。

自分も多くの青年がするように、始めて筆を執つたのは西洋小説の翻訳だつた。（中略）今、新小説記者の請《こひ》に応じて、自分はこの訳文を再剞劂《きけつ》に附する事となつたが、それにつけても思ひ出すのは、まだ無名の青年だつた新思潮同人の昔である。その頃はたとひ如何なる大作を書いたにした所で、天下の大雑誌が我々同人の原稿を買ふ事なぞは絶対なかつた。

文学にこころざす多数者の一人として、文壇の動きに立ち遅れまいとし、苦心して同人雑誌に発表した翻訳が、五年後には、有力な文芸雑誌から再掲載を申し込まれている。それは、翻訳としてできがよかったからというより、むしろ芥川が流行作家になっていたからであろう。この五年間に、彼は、世間の高い評価を手に入れることになる。

第三次『新思潮』は八号まで続き、芥川が満足できる作品を発表する前に、一九一四（大正三）年九月号で廃刊している。このとき、芥川はまだ無名の文学青年だった。

2 「聖母の軽業師」から「仙人」を書く

アナトール・フランス作品の模倣

翻訳の次に、作家をめざす者が試みるのは、原話の自己流の改作である。

一九一五（大正四）年に書かれた「仙人」は、アナトール・フランスの「聖母の軽業師」（"Le Jongleur de Notre-Dame"）の改作である。この作品は、短編集『螺鈿《らでん》の手箱』（*L'Étui de Nacre*, 1892）に収録されているが、芥川が実際に読んだ本は、「英訳アナトール・フランス全集」の一冊、*Mother of Pearl*

（1908, London, 引用者注――真珠貝という意味になる）である。作品のタイトルは、"Our Lady's Juggler"と訳されている。

「聖母の軽業師」は、三章からなり、フランスを舞台とし、大道芸人バルナベ（英訳本ではBarnaby《バーナビー》）を主人公とする。信心深い彼が、僧院長に誘われて修道院に入り、やがて、祭壇のマリア像の前で、自分の芸を演じるという話である。一方、芥川の「仙人」は、「上」「中」「下」の三章からなり、中国を舞台とし、鼠に芝居をさせる見世物師李小二を主人公とする。生活苦を嘆いていた李小二は、山神廟《さんじんびょう》で偶然出会った仙人から富を与えられることになる。

両作品を比較してみると、その設定も描写も構成も、原話を模倣していることが明らかである（大島（篠塚）真木「芥川龍之介の創作とアナトール・フランス」、『大正文学の比較文学的研究』、一九六八・三、明治書院。ほか）。

どのように似ているのかを、まず、両作品の最初の章を比較して見てみよう。

「聖母の軽業師」の冒頭部分を日本語訳で引用する。

ルイ王の御代、フランスに一人のあはれな軽業師がゐた。コムピエーニュ生れのバルナべといふ男で、力業をしたり手品を使つたりしながら、町から町を廻つてゐた。

市《いち》の立つ日は広場に擦り切れた古毛氈《もうせん》をひろげ、おどけた口上で子供たちや物見高い手合を呼び集める。ある年よりの軽業師から教へられたとほりの口上を、一言半句も変へずに喋《しゃべ》るのである。さうしてから無理にからだを曲げて見せたり、錫の皿を鼻柱に立てて見せたりする。

（『アナトオル・フランス短篇小説全集』第二巻、一九三九・一〇、白水社、水野亮訳）

最初に時代と場所の設定と主人公の紹介がある。次に主人公の大道芸の様子が描かれる。これに対して、芥川の「仙人」の冒頭部分は次のようになる。

何時頃の話だか、わからない。北支那の市《まち》から市を渡つて歩く野天《のでん》の見世物師に、李小二と云ふ男があつた。鼠に芝居をさせるのを、商売にしてゐる男である。鼠を入れて置く嚢《ふくろ》が一つ、衣裳や仮面《めん》をしまつておく笥《はこ》が一つ、それから、舞台の役をする小さな屋台のやうな物が一つ――その外には、何も持つてゐない。

天気がいいと、四つ辻の人通りの多い所に立つて、まづ、その屋台のやうな物を肩へのせる、それから、鼓板《こばん》を叩いて、人よせに、謡《うた》を唱《うた》ふ。物見高い街中《まちなか》の事だから、大人でも子供でも、これを聞いて、足を止めない者は、殆《ほとんど》ない。さて、まはりに人の墻《かき》が出来ると、李は嚢の中から鼠を一匹出して、それに衣装を着せたり、仮面《めん》をかぶらせたりして、屋台の鬼門道《きもんみち》から、場へ上らせてやる。

やはり、最初に時代と場所の設定と主人公の紹介があり、次に主人公の芸の様子が描かれる。舞台は、フランスから中国に移され、大道芸は曲芸から鼠の芝居という見世物に変わる。文章はより詳しく長くなっているが、その構成はまったく変わっていない。

「聖母の軽業師」は、次のように続く。

見物人は最初無頓着さうな顔で眺めてゐる。

しかし逆立ちになつて、陽にキラキラ輝く銅の毬《まり》を六つ、足で投げ上げたり受けとめたり、さては項《うなじ》が踵《かかと》に触れるほど仰向けに反つて、胴体を車の輪のやうに丸めたまま、十二本の小刀を使ひ出したりすると、立会ひの衆から感に堪へた呟きが漏れて、毛氈に小銭の雨が降るのだつた。

それにしても、コムピエーニュのバルナベは、なべての芸人とおなじやうに、その日その日をすごすのが並大抵のことでなかつた。

（水野訳、前掲書）

はじめ観客は冷ややかに見ているが、バルナベの芸が盛り上がっていくにつれてひきつけられ、やがて、みごとな芸を称賛するようになる。そんな観衆のまなざしの変化が描かれ、その後に、こういう仕事の苦しさがつけ加えられる。

芥川の「仙人」では、次のようにある。

すると、見物の方では、子供だと、始《（はじめ）》から手を拍つて、面白がるが、大人は、容易に感心したやうな顔を見せない。寧《むしろ》、冷然として、煙管を啣《くは》へたり、鼻毛をぬいたりしながら、莫迦にしたやうな眼で、舞台の上に周旋する鼠の役者を眺めてゐる。けれども、曲が進むのに従つて、（中略）見物も流石《さすが》に冷淡を装つてゐられなくなると見えて、追々まはりの人だかりの中から、嗓子大《そうしだい》などと云ふ声が、かかり始める。（中略）さうして「沈黒江明妃青塚恨《こくかうにしづむみんぴせいちょうのうらみ》、耐幽夢孤雁漢宮秋《いうむにたふこがんかんきゅうのあき》」とか何とか、題目正名《せいめい》を唱ふ頃になると、屋台の前へ出してある盆の中に、何時の間にか、銅銭の山が出来る。…………

が、かう云ふ商売をして、口を糊《のり》してゆくのは、決して容易なものではない。

観衆のまなざしの変化も、次に描かれる生活の苦しさも、まったく「聖母の軽業師」をそのままにたどっている。大島の指摘どおり、芥川は、「聖母の軽業師」を模倣しながら、中国の話に改作している。とりわけ、文章の構成が学び取られていることが明らかである。芥川は、アナトール・フランスから、まず文章力を身につけ、次に構成方法を学んでいったといえる。西洋文学からの学習というものがどのようなものであったか、具体的に見ることができるだろう。そして、学ぶ側の強い熱意も感じとれる。

ところで、アナトール・フランスの作品の最初の日本語訳は、『文章世界』一九〇九（明治四二）年二月号に掲載された、訳者未詳の「手品使ひ」である（唄脩「芥川龍之介訳『バルタザール』誕生以前——日本におけるアナトール・フランス受容の実相」、『成城大学文芸学部短期大学部創立十周年記念論文集』、一九六五・三）。その原作は、この“Le Jongleur de Notre-Dame”である。また、この作品は、若月紫蘭訳『アナトール・フランス短篇傑作集』（一九一〇・二、三教書院）にも「聖母の手品師」として翻訳され、収録されている。つまり、アナトール・フランスの作品の中でも、この作品は名を知られた短編小説であった。ということは、芥川は、もっとも注目されている作家の有名な作品であるからこそ、それを選び、改作することで、西洋の最新の小説の書き方を自分のものにすることができると考えたのだろう。

それにしても、原話の構成をそのままにまね、ただ舞台を変えただけの作品は、現代の一般的な通念においては、創作とは認められないだろう。芥川自身、だからこの作品を短編集には収めなかったと見ることもできる。しかし、後にも述べるが、西洋文学の輸入を急ぐ時代においては、有名な西洋文学作品の模倣は、むしろ肯定的に評価されていた。西洋に一歩でも近づこうとし、模倣も西洋臭もいとわない。そのような作り方が許容される、というよりむしろ歓迎されるのがこの時代の状況であった。

そして、芥川の場合、このような改作には、彼の頭の中に蓄積されている先行文学が役に立っている。原話を置き換えるにふさわしい材料が、その中から探し出せるからである。蓄積の最下層にあるのが、日本の伝統的な文学や中国の物語類であった。だから、芥川は、西洋文学の著名作を、自分のもっともなじみのある舞台に置き直したといえる。

中国の文学からの取材

鼠の芝居をする見世物師という設定は、中国の伝奇集「聊斎志異」の「鼠戯」と題する一編から取材されており、同書の「雨銭」からもことばの引用があることが明らかにされている（藤田祐賢「「聊斎志異」の一側面――特に日本文学との関連において」、慶応義塾創立百年記念論文集『文学』、一九五八・一一）。

「聊斎志異」の「鼠戯」は短い作品なので、その全文を日本語訳で示しておこう。

これも王子巽《おうしそん》のしてくれた話――

長安の市《まち》に、鼠芝居を売りものにしている者がいた。嚢を一つ背負い、そのなかに小鼠を十匹あまり飼っているのだ。いつも人出のなかで、小さな木の棚を取り出して肩に乗せる。それがまるで舞台そのままなのだった。そして、太鼓や板をたたいて、古い雑劇《しばい》を唱う。歌声が流れだすと、仮面《めん》をかぶって小さな衣裳をまとった鼠が嚢の中からあらわれ、背をつたって舞台にあがり、人のように立って舞った。男と女、悲しみや歓びなどが、なにもかも劇《しばい》の筋にはまっていたものだ。

（「中国古典文学大系」第四〇巻『聊斎志異（上）』、一九七〇・四、平凡社、常石茂訳）

芥川は、この短い文章に目を留めて、主人公の設定に用い、アナトール・フランスの作品を改作していった。
中国文学からの典拠はもう一つある。「聖母の軽業師」の二章・三章の舞台は修道院であるが、「仙人」の展開の中心となる「中」の舞台は、山神廟という中国の民間信仰の場である。日本でいえば、地蔵堂や氏神の社にあたるだろう。次のように、その空間は描写される。

入口の石段を、二三級上ると、扉が開いてゐるので、中が見える。中は思つたよりも、まだ狭い。正面には、一尊の金甲山神《きんこうさんじん》が、蜘蛛の巣にとざされながら、ぼんやり日の暮を待つてゐる。その右には、判官が一体、これは、誰に悪戯をされたのだか、首がない。左には、小鬼が一体、（中略）その前の、埃のつもつた床に、積重ねてあるのは、紙銭であらう。

この文章は、「水滸伝」第一〇回「林教頭風雪山神廟　陸虞侯草料場火焼」（林教頭《りんきょうとう》、風雪に山神廟へ　陸虞侯《りくぐこう》　草料場《そうりょうじょう》を火焼す）を典拠としている。芥川が少年時代に愛読した、「帝国文庫」の『校訂水滸伝　上巻』（一八九五・一一、博文館）によってその部分を引用し、現代語訳を付しておこう。廟に入ってくるのは、標題で「林教頭」と呼ばれている、「水滸伝」の主要登場人物の一人、豹子頭林冲《ひょうしとうりんちゅう》である。

やがて裏面《うち》に入りて見るに。殿内には塑着《つちさいく》の一尊。金甲の山神《やまのかみ》を安置し。左右には判官と小鬼《さゝやかなるおに》とを立《たて》りしが。只紙銭のみ堆《つみ》おきて。……
（なかへはいって見ると、殿上には金の甲《よろい》を着た山神《さんしん》（＝虎）の塑像、その両脇に判官《はんがん》（地獄の書記＝馬）と小鬼《しょうき》（獄卒＝牛）がそれぞれ一体ずつあって、その傍には紙銭が山のように積まれていた。

「中国古典文学大系」第二八巻『水滸伝（上）』、一九六七・一〇、平凡社、駒田信二訳）

「仙人」において、この空間の造形に、「金甲山神」「判官」「小鬼」「紙銭」というようなことばが、「水滸伝」から拾い出されている。「紙銭」とは、紙を銭の形に切ったもので、中国の風習として、葬送や祭礼などに用いた。いくつかのことばを並べて空間のイメージを作っていく表現技法は、先に見た「羅生門」冒頭の空間造形と同じものである。なお、ここで「水滸伝」を典拠と呼んでいるのは、この箇所の語句の一致だけではなく、そもそも李小二という主人公の名が、「水滸伝」のこの回の冒頭に登場する、林冲の旧知の人物の名を使っているからである。

時代や場所を置き換えて、先行作品を書き直し、そこに改変を加えて自分の作品にするという創作方法は、以後の芥川の作品にも数多く認められる。置き換えるという発想は、芥川だけのものではなく、翻案や改作に共通するものだが、とりわけ芥川の場合には、創作における基本的な発想ともいえるほどにしばしば現れてくる。それは、彼の中に蓄積された大量の先行作品群の中から、自然に生まれてくる発想であったのだろう。

コラム5 「聊斎志異」と芥川

「聊斎志異」は、清代の十七世紀後半に成立した、蒲松齢《ほしようれい》による伝奇集。神仙、鬼、幽霊、化け物、不思議な事件などの話を集めたもので、当時の民間の伝承にも取材し、蒲松齢が書き直して編纂した。日本にも輸入され、翻訳も多く、近代文学にも影響を与えた。

芥川が、子供のころから怪奇譚を好んだことはよく知られている。「聊斎志異」の愛読もその延長上にあり、中学・高等学校時代に読んだという（広瀬雄「芥川龍之介君の思出」、『文芸』一九五六・四）。また、彼は、「聊斎志異」に取材して、「酒虫」（一九一六・六）、「仙人」（同・八）、「首が落ちた話」（一九一八・一）、「仙人」（一九二二・四）の四つの作品を書いている。

「文芸雑話　饒舌」（一九一八・五）において、芥川は、怪談を集めたものとして、「古いもので（は）、僕には今昔が一番面白い」と述べ、「聊斎はたしか乾隆の中葉頃に出来たものだから、今昔に比べると余程新しい」としつつ両者を比較し、「よく似た話が両方に出てゐる」ことを指摘している。芥川の頭の中では、「聊斎志異」も「今昔物語集」も同種の物語集として分類されていたと考えられる。

「仙人」の独自性

「仙人」と「聖母の軽業師」との相違点の方を見てみよう。大島は、主人公の心理の相違を指摘する（前掲論文）。バルナベが信心深く、貧しくとも不幸に耐え、マリアに来世の幸福を祈っていたのに対して、李小二は、自分に苦しみを与えるものを無意識ながら憎み、漠然とした反抗心をもっていた。

バルナベの心理は次のように描かれる。

富の起源とか身分の不平等とか、そんなことは一度も考えたことがなかつた。この世が悪くとも、あの世が悪からうはずはないと固く信じてゐた。さう思ふことが頼みの綱だつた。悪魔に魂を売り渡したやうな、手癖のわるい不信心な道化師の真似はしなかつた。仮にも神の御名は瀆《けが》さなかつたし、人から後指《うしろゆび》一つ差されずに暮してゐた。（中略）神を畏れ、聖なる童貞マリヤを篤く信心してゐる善人だつた。

（水野訳、前掲書）

李小二の方の心理を見てみよう。

……かう云ふ不安は、丁度、北支那の冬のやうに、このみぢめな見世物師の心から、一切の日光と空気とを遮断《しゃだん》して、しまひには、人並に生きてゆかうと云ふ気さへ未練《みれん》未釈《みしゃく》なく枯らしてしまふ。何故生きてゆくのは苦しいのか、何故、苦しくとも、生きて行かなければならないか。勿論、李は一度もさう云ふ問題を考へて見た事がない。が、その苦しみを、不当だとは、思つてゐる。さうして、その苦しみを与へるものを――それが何だか、李にはわからないが――無意識ながら憎んでゐる。事によると、李が何にでも持つてゐる、漠然とした反抗的な心もちは、この無意識の憎しみが、原因になつてゐるのかもしれない。

苦しくとも神の存在を強く信仰する原話のバルナベを、芥川は、信仰心などなく、生きることの苦しみを不当と感じる主人公に作り変える。李小二の持つ反抗心は、「仙人」独自のものであり、右の文章のささくれた心情表現にはリアリティーがある。この主人公の心理は、単なる思いつきだったのか、そのように変える理由があったのか。最初の章のほとんどの部分が模倣で説明できただけに、この改変は目をひく。

吉田精一は、この年に起こった芥川の失恋体験を述べ、失恋によって傷ついた芥川自身の心情が、李の反抗的な心もちに反映していると指摘した（吉田著『芥川龍之介I』、「吉田精一著作集」第一巻、一九七九・一一、桜楓社。なお、この本の初刊は、一九四二・一二、三省堂である）。しかし執筆当時の作家の心境を、生み出された作品と簡単に結びつけてしまうことは、作品そのものを読み誤る危険性がある。吉田は、両者を結びつける理由を十分説明してはいない。また、「仙人」という作品そのものをどのように読むのかも示していない。だから、この指摘は、ここでは一つの可能性として留保しておきたい。

ただ、李小二は、生きる苦しみの不当さを直視できる人物ではなく、また、反抗心を具体的な行動にかえる力も持たない。バルナベとは正反対の人物像にまで変えられているわけではなく、反抗心は無意識的な、漠然としたものにとどまる。つまり、芥川は、「聖母の軽業師」の枠組みから抜け出そうとしてはいない。原話に対する模倣性の方が、独自性よりも大切にされていたともいえるだろう。

「仙人」の限界

「聖母の軽業師」の第二章で、バルナベは僧院長と出会い、修道院に導かれ、修道士となる。しかし、他の修道士たちがそれぞれに神を讃える方法を持っているのに対して、バルナベは自分には何の能もないことを悲しみ、無学とわが身のつたなさを嘆く。そして、第三章において、悲歎にくれていた彼は、自分のただ一つなし得ること、すなわち軽業を聖母の祭壇の前で演じる。僧院長や古参の修道士たちは、バルナベの行為を神をけがすものとして憤るが、そのとき、祭壇の上の聖母像が、「階段を降り給」い、「軽業師の額から滴り落ちる汗を、青色の外套の裾《すそ》でお拭ひになつた」。バルナベのひたすらに無垢な信仰心に応えて、聖母が出現するという奇蹟がラストに描かれる。僧院長は驚いてひれ伏し、「福《さいわひ》なるかな素直《すなお》なる人、彼らは神を見るべければなり」と言う。

これに対して「仙人」の「中」では、李小二は山神廟で道士と出会う。李は、このみすぼらしい道士とくらべれば、まだ自分の生活の方がまさっていると思う。その優越感を見すかして、道士は「千鎰《せんいつ》や二千鎰でよろしければ、今でもさし上げよう。実は、私は、唯の人間ではない」と言う。道士と見えた人物は実は仙人で、廟内に積み重なっていた紙銭をかき集めて、仙術で本物の金銭や銀銭に変えてみせる。李小二は、仙人から莫大な富を与えられて、生きていく苦しさから免れる。やはり奇跡が起こり、李小二は救われ、反抗心の問題も解決する。

しかし、これは似て非なる結末である。生きていく苦しさに耐えて聖母への敬虔な信仰心を失わなかったバルナベであってこそ、聖母の出現という奇蹟は必然性を持つ。反抗的な李小二が、仙人の術によって救われても、そこには何の必然性もない。芥川は、原話の枠組みを守ろうとし、似た結末にしようとして、仙人の術による救済を書いたのだろう。しかし、そのことで、李小二という人物像の独自性は生かされず、結末の感動も失われてしまう。「下」には、「人生苦あり、以て楽しむべし。（中略）仙人は若かず、凡人の死苦あるに」という仙人のことばが示されているが、とってつけたような結びである。「仙人」は明らかに「聖母の軽業師」に及ばない。芥川も、そのことを自覚していたことだろう。

ところで、このような展開を見てくると、「仙人」が、「羅生門」と共通する要素を多分に持っていることが知られる。「仙人」では、山神廟という空間の中で、主人公と副主人公が出会い、交渉を持つ。その中で、得体の知れなかった道士が仙人であるとわかる。そして、ラストでは、主人公は、生きていく苦しみから解放されていく。これらの、閉ざされた空間、二人の人物の対決、問題の解消という要素は、形は違うが、「羅生門」にも見出せる。いいかえれば、「羅生門」に置き換えることの可能な要素である。

3　作家としての成長

二人の人物の出会いの形

「仙人」は「聖母の軽業師」から抜け出せてはいないが、部分的には、「聖母の軽業師」を越えて、より優れた作品を作ろうとしている箇所がある。それは、「仙人」では「中」の冒頭部分、「聖母の軽業師」では第二章にある、主人公ともう一人の人物が出会う場面である。「聖母の軽業師」では、バルナベと修道僧の出会いは次のように描かれる。

さて、雨に暮れたある夕方、古毛氈に毬と小刀を包んで小脇に抱へ、どこぞに納屋でも見つけたら飯ぬきで一夜の宿にしたいものと思ひながら、しよんぼりうなだれて歩いてゆく途中、同じ方角をこころざす修道僧に出逢つたので、丁寧に頭を下げた。同じ足どりで歩いてゆく二人は、言葉を交はしはじめた。

「連れの衆、」と、修道僧がいふには、「おぬしの衣裳が緑づくめなのは何故かな。芝居の道化の衣裳ででもあらうか。」

「どう致しまして、お坊さま。」と、バルナベは答へた。「御覧のとほり、バルナベと申しまして、軽業が稼業でござります。……」

（水野訳、前掲書）

旅の路上で、バルナベは偶然に一人の修道僧と出会い、「わたくしは聖母様には特別の信心を誓つてをるのでござります」などと話すようになる。修道僧は、バルナベの聖母への信仰心と素直さに心を打たれて、先に述べたように、「わしが院長を勤めてをる修道院に入れて進ぜる」と彼を修道院に誘うことになる。

一方、「仙人」の「中」は、山神廟に駆け込んでくる李小二の描写からはじまる。

雪曇りの空が、何時の間にか、霙《みぞれ》まじりの雨をふらせて、狭い往来を、文字通り、脛（はぎ）を没する泥濘（でいねい）に満さうとしてゐる、或寒い日の午後の事であつた。李小二は、丁度、商売から帰る所で、例の通り、鼠を入れた嚢を肩にかけながら、傘を忘れた悲しさに、ずぶぬれになつて、市《まち》はづれの、人通りのない路を歩いて来る——と、路傍《みちばた》に、小さな廟が見えた。折から、降りが、前よりもひどくなつて、肩をすぼめて歩いてゐると、鼻の先からは、滴が垂れる。襟からは、水がはいる。途方に暮れてゐた際だから、李は、廟を見ると、慌てて、その軒下へかけこんだ。先、顔の滴をはらふ。それから、袖をしぼる。やつと人心地がついた所で、頭の上の扁額を見ると、それには、山神廟という三字があつた。

駆け込んできた李は、顔の滴を払い、袖をしぼって、一息つく。そうして目にするのが、先に引用した、金甲山神と判官と小鬼の並ぶ空間である。廟の中のうす暗さに次第に慣れてきたとき、紙銭の積んである中から、一人の人間が現れてくる。それが二人の出会いとなる。その人物を描いた文章を挙げておこう。

垢じみた道服を着て、鳥が巣をくひさうな頭をした、見苦しい老人である。(ははあ、乞丐《きつかい》をして歩く道士だな――李はかう思つた。)瘠せた膝を、両腕で抱くやうにして、その膝の上へ、髯の長い頤をのせてゐる。

二人の出会いの形はまったく異なっている。今まで見てきた模倣性から考えると、両作品の間には、意外な相違点があったことになる。

しかし、実は、この相違は、芥川がこの作品を書いていく中で生まれてきたものである。そのことは、「仙人」の下書きが現存していることによって知られる。

山梨県立文学館には、大量の芥川の自筆資料が所蔵されている。その多くが、作品の完成稿（定稿）より以前に書かれた下書き（草稿）と、作品としての完成には至らなかった下書き（未定稿）である。日本近代文学館の「芥川龍之介文庫」と並ぶ、芥川文学の研究に欠くことのできない、貴重な資料である。その自筆資料のすべてが、同文学館から刊行された『芥川龍之介資料集』（全三巻、一九九三・一一）に写真版で紹介されている。また、『芥川龍之介全集』の第二一巻〜第二三巻（一九九七・一一、一〇、一九九八・一、岩波書店）には、他の自筆資料類も含めて再分類され、活字に直されて収録されている。その中に、「仙人」の草稿の断片がいくつかある。

この草稿によって、完成より前の段階で書かれていた文章を知ることができる。より早い段階で書かれていた「中」の冒頭部分は、次のようなものであった。

所が　或曇つた冬の日に　李小二が　鼠を入れた嚢を肩にかけて　背中をまげながら　市《まち》はづれの狭い往来を通りかかると　偶然　垢じみた道服を着て　斑竹《はんちく》の杖を持つた　乞丐《きつかい》のやうな男と一しよになつた。（中略）二人は［一二字分不明］二三町歩く中に　どちらからともなく口をきき出した。

「いけませんお天気ですな。手前共の商売では　これが何よりもこたへます。」

「御尤もで。（ちよいと李の方を見ながら）ははあ　手品でもお使ひですかな」

「いえなに　鼠を躍《おど》らせますので」

草稿では、李小二は旅の路上で道士と出会っている。先の「聖母の軽業師」の出会いの場面と見くらべれば、その模倣であることが明らかである。二人は路上で知り合い、生活の苦しさを語る李に対して、道士は運を占ってやろうと言い出す。「あの市《まち》はづれに　山神廟がありませう。あの廟の中で　私は寐ることにしてゐるのです」と、道士は李を山神廟にいざなう。つまり、草稿の段階では、「中」の部分もまた、「聖母の軽業師」の文章の構成をまねて書かれていた。

芥川は、「仙人」を書き直していく中で、路上での出会いを、山神廟の中での出会いに変更する。廟の中の空間の描写は、草稿でも定稿でも大きな違いはない。そこで考えてみれば、「聖母の軽業師」では、修道僧がバルナベを信頼し、修道院に誘うことを決心するために、路上での出会いと会話が必要であった。しかし、「仙人」では、偶然出会った主人公を仙人が気まぐれに救うのであるから、「聖母の軽業師」のような手順は必要ではない。とすれば、主人公がその場所に駆け込んでから相手を見つける展開の方が、緊迫していてむだがないとはいえる。

しかし、あれほど「聖母の軽業師」の枠組みにこだわっていた芥川が、なぜ、この部分だけは大きく原話の展開を変えたのだろうか。この改変によって、展開の密度が高まるとしても、自分でこの変更を考えついたとは限らない。芥川が学習過程にあることを思い出せば、彼は、別の先行作品からこの展開を学んだ可能性が考えられる。

森鷗外訳「橋の下」の影響

そこに、早くから「羅生門」の典拠として指摘されている（小堀桂一郎「芥川龍之介の出発と『諸国物語』——「羅生門」恣考——」、小堀著『森鷗外の世界』、一九七一・五、講談社）、森鷗外訳のフレデリック・ブテエ（Frédéric Boutet）著「橋の下」の影響をあてはめることができる。鷗外訳の単行本『諸国物語』（一九一五・一、国民文庫刊行会）によって、その冒頭部分を挙げてみよう。

一本腕は橋の下に来て、先《ま》づ体《からだ》に一面に食つ附いた雪を振り落した。川の岸が、瀆《けが》されたことのない処女の純潔に譬へても好いやうに、真つ白くなつてゐるので、橋の穹窿《きうりう》の下は一層暗く見えた。併《しか》し程なく目が闇に馴れた。数日前から夜毎《よごと》に来て寝る穴が、幸にまだ誰にも手を附けられずにゐると云ふことが、只一目見て分かつた。古い車台を天井にして、大きい導管二つを左右の壁にした穴である。

雪を振り落してから、一本腕はぼろ〳〵になつた上着と、だぶ〳〵して体に合はない胴着との控鈕《ボタン》をはづした。

主人公は、雪に降られて、ねぐらにたどり着く。雨か雪かという違いがあるだけで、それを防げる空間に入ってくる行動は、李小二と同じである。そして、一本腕は、からだにくっついた雪を振り払って一息つく。芥川が、この文章を模倣したと考えれば、「仙人」の草稿から定稿への書き直しが説明できる。「橋の下」の主人公は、一本腕であることを装って人々の同情をひき、憐みを乞うて日々の糧を得ている。一息つくと、彼は、隠していた腕を出して衣服を整え、「パンを一切《きれ》と、腸詰《ちやうづめ》を一塊《ひとくわい》と、古い薬瓶《くすりびん》に入れた葡萄酒とを取出して、晩食をしはじめた」。そのとき、「鈍い、鼾《いびき》のやうな声がし出したので」、人がいるのに気づく。

一言の返事もせずに、地《ぢ》びたから身を起したのは、痩せ衰へた爺《ぢ》いさんである。白い鬚がよごれてゐる。頭巾の附いた、鼠色の外套の長いのをはおつてゐるが、それが穴だらけになつてゐる。爺いさんはパンと腸詰とを、物欲《ものほ》しげにぢつと見てゐる。

主人公は、誰もいないと思った空間に未知の人物がいることに気づく。この発見が二人の出会いとなることも、「仙人」の定稿と同様である。したがって、芥川は、「聖母の軽業師」から離れて、「橋の下」の展開にならって、「仙人」定稿を作ったと考えられる。しかも、芥川が、「橋の下」から学んだものは、この出会いの形だけにとどまらない。

「橋の下」のあらすじを紹介しておこう。

この「爺いさん」は、はじめはみすぼらしい貧乏者に見えるが、主人公が自分の生活を語っていくうちに、「なぜぬすつとをしない」と荒々しい声で言う。「爺いさん」は「己《おれ》は盗んだのだ。何百万と云ふ貨物《しろもの》を盗んだ。己《おれ》はミリオネエルだ。其癖《そのくせ》かつゑ死ななくてはならないのだ」と語って、靴の中底に隠していた「世界に類のない宝物《たからもの》」の「青金剛石《あをダイアモンド》」をみせる。一本腕は驚き、これまでの強者と弱者の関係は逆転する。そして、一本腕は、宝石を切って金に換えよう、二人で楽な暮しをしようとしきりに持ちかけるが、「爺いさん」は、それを拒んで立ち去っていく。

爺いさんは鼠色の影のやうに其場を立ち去つた。そして間もなく雪に全身を包まれて、外《ほか》の寝所《ねどこ》を捜しに往《ゆ》く。深い雪を踏む、静かなさぐり足が、足音は立てない。破れた靴の綻《ほころ》びからは、雪が染み込む。

雪は降りやまない。爺いさんはどこへともなく立ち去って幕となる。小堀は、「羅生門」の構成が、「橋の下」からの影響を強く受けているとし、次のように述べている。

場所的に見れば小説の舞台は終始一定して居り、移動しない。時間的には数刻の出来事で、いわば小説内部の時間の流れは、外部の（読者の）感ずる自然の時間と一致するほどである。（中略）登場人物はただ二人であり、かつどちらの作品に於ても無名である。つまり人物は個性をもたず、「危機に立っている人間」と「その者に対して取るべき方向の示唆を与える役目」という二つの観念的な存在を具現している人形にすぎない。この正副の主人公の間に生ずる意志の対決がつまりこれらの小説の主たるモティーフなのだが、これは『今昔物語』に決してみることのできないドラマ的な要素である。

小堀が指摘しているのは、まさに、短編小説の様式を芥川が「橋の下」から学んだということである。

右の小堀の指摘の中で、登場人物に名がないこと、盗人になるかならないかという問題があること、また二人の人物の対決に迫力があることは、確かに「羅生門」との共通点である。「羅生門」を書く際に、芥川が「橋の下」を参考にしたことは確かだろう。しかし、それ以外の点、すなわち、舞台の一定性、経過する時間の短さ、ただ二人の人物が登場し対決するという構図は、「仙人」の「中」にもそのままあてはまる。さらにいえば、「橋の下」の「爺いさん」のやせこけた形象は、「仙人」の道士のみすぼらしい形象によく似ている。だとすれば、「橋の下」は、まず「仙人」の執筆段階において影響を与えていたと考えることができる。

おそらく、この時点においては、芥川は、『文芸辞典』の解説にあったような短編小説という様式について、確かな知識を持っていたわけではなかったのだろう。あるいは、知識は持っていても、具体的な書き方を身につけてはいなかったと考えられる。「仙人」において、彼は、最新のアナトール・フランスの小説の構成や文体を模倣し、さらに「橋の下」からより密度の高い展開を取りこむ。

そのようにして、いわば手さぐりで、芥川は、短編小説の様式に近づいていく。つまり、芥川は、「仙人」を書き直していく中で、短編小説という様式を習得しはじめていたといえる。

コラム6　森鷗外の訳業の影響

鷗外は、小説・戯曲・詩・評論にわたって、多数の翻訳を行っている。小説の翻訳書を挙げるとすれば、まず『水沫集』（一八九二・七）があるが、この本は「舞姫」「うたかたの記」「文づかひ」なども収録している。次の『かげ草』（一八九七・二）は、小金井喜美子の翻訳や評論なども含んでいる。以降の短編長編の小説の翻訳書は、『即興詩人』（一九〇二・九）、『黄金杯』（一九一〇・一）、『現代小品』（同・一〇）、『みれん』（一九一二・七）、『十人十話』（一九一三・五）、『諸国物語』（一九一五・一）、『蛙』（一九一九・五）などである。

当時の文学界において、鷗外の訳業の果した役割と影響の大きさはよく知られてはいるが、十分に明らかにされているとはいいがたい。時代状況をふまえれば、鷗外の多くの翻訳は、西洋文学を日本の読者に紹介するだけでなく、日本の書き手たちに小説の書き方を教える点で大きな力を持つものであった。

『諸国物語』は、スカンジナビア（二編、以下国名は目次の記載による）、フランス（八編）、ドイツ（三編）、オーストリア（九編）、ロシア（九編）、アメリカ（三編）の計三十四編の中編小説・短編小説を翻訳して収録している。菊判、九四二頁の大冊であり、すべての漢字にふりがなを付けている。中にはドストエフスキーやエドガー・アラン・ポーの作品もあるが、無名の作家による名作とはいいがたい作品も含まれている。小堀は、この本の「謎めいた性格」を指摘し、それまでの明治・大正の文学とは「異質な目新しい世界」であり、「リアリズムの感覚を超出した「奇談」の性格を有している」と述べている（『諸国物語』」、小堀著、前掲書）。

この大部の翻訳集を、芥川が熱心に読みこんだことはまちがいない。それは、芥川が、この翻訳集の作品を素材として複数の作品を作っているからである。ジュール・クラルテの「猿」をもととして「猿」（『新思潮』一九一六・九）が書かれ、シュニッツラーの「アンドレアス・タアマイエルが遺書」を参考にして「二つの手紙」（『黒潮』一九一七・九）が書かれている。そして、いずれも、芥川の初期の作品であることから、鷗外訳の『諸国物語』もまた、アナトール・フランスの作品と同じように、芥川が短編小説というものを学ぶ重要な手本であったことが知られる。

「水滸伝」の類似形象

見てきたように、「橋の下」の一本腕の行動が、「仙人」定稿での李小二の行動に反映されたと考えられるが、興味深いのは、「水滸伝」でも、登場人物が同じような行動をとっていることである。先に引用した山神廟の文章の前に、豹子頭林冲が、宿所としていた「草料場《まぐさごや》」が雪に押しつぶされ、どう夜を明かすか途方に暮れる場面がある。林冲は、少し離れた所に「古廟《ふるきやしろ》」があったことを思い出し、今夜はともかくそこで夜を明かし、明日になればいい考えも浮かぶだろうと思う。林冲は、雪の中を走って、あの山神廟にたどりついて、中に入って、雪を払い落としてほっとする。先と同じ「帝国文庫」の文章と現代語訳を挙げておこう。

拿来《もて》りし花鎗《てやり》と葫蘆《ふくべ》とを紙銭の上《ほとり》に放在《さしおき》。彼の絮被《わたこ》を打ちひらきて座を卜《しめ》。笠子《かさ》をとりて袖子《そで》の雪をうち払ひ。懐中の牛肉《うしのにく》を下酒《さかな》として、葫蘆《ふくべ》の冷酒《ひやざけ》を喫《のま》んとするに。

（林冲は槍と酒の瓢箪をいっしょに紙銭の山の上におき、まるめた蒲団をくりのべると、まず氈笠《せんりゅう》をぬぎ、身体の雪をはらい落とし、はおっていた白木綿の上着をぬいだが、ぐっしょり濡れているので（中略）さて、冷酒の瓢箪をとって、ふところの牛肉を肴に、ゆっくりと飲んだ。

駒田訳、前掲書）

林冲は、山神廟に入って、雪のつもった笠をはずし、衣服の雪をはらってようやく一息つく。「橋の下」の一本腕は、雪に降られて、ねぐらにたどり着き、身体にくっついた雪を振り落して一息つく。そして、李小二は、雨に降られて山神廟に駆け込み、顔の滴をはらい、袖をしぼって一息つく。三人の行動はほぼ同じである。

李小二の行動の直接の典拠となったのはどちらであるのかといえば、それは「橋の下」である。なぜなら、林冲は山神廟で誰かに会うわけではなく、この後の展開に共通性はないからである。しかし、「水滸伝」に取材して山神廟が造形されていた以上、「橋の下」の書き方に学びつつ、芥川は、この林冲の行動も思い出したはずである。だから、これは典拠といえないとしても、彼の念頭にはあった文章であり、類似形象と呼べる。

先行文学の堆積する芥川の頭の中では、二人の類似する行動が、李小二の行動と結びついていたことだろう。つまり、典拠だけからではなく、類似形象も含めて、重なりあう形象の中から「仙人」の文章が作られていったと考えられる。そのような書き方こそが、彼の文学が持つ特質である。

蛇足ではあるが、「コラム3」でふれたように、芥川は後に、曲亭馬琴を主人公として「戯作三昧」（『大阪毎日新聞』一九一七・一〇・二〇－一一・四）を書く。その中に次のような文章がある。

独りで寂しい昼飯をすませた彼は、漸く書斎へひきとると、何となく落着かない、不快な心もちを鎮める為に、久しぶりで水滸伝を開いて見た。偶然開いた所は豹子頭林冲が、風雪の夜に山神廟で、草秣場《まぐさば》の焼けるのを望見する件《くだり》である。彼はその戯曲的な場景に、何時（いつ）もの感興を催す事が出来た。

芥川の最初に読んだ「水滸伝」が「帝国文庫」本であり、曲亭馬琴と高井蘭山の訳による「新編水滸画伝」の再録された本であることを思い出してほしい。そして、馬琴を主人公とする小説の中で、ふたたびこの「林教頭風雪山神廟　陸虞侯草料場火焼」の章が登場している。この章が芥川にとって、印象の強いものであったことがわかる。そのように、芥川の読書の最下層にあり、もっともなじみのある日本の伝統文学や中国の物語類は、彼の書く西洋風の短編小説の随所に浮かび上がってくるのである。

「仙人」は、「聖母の軽業師」を模倣し、「聊斎志異」と「水滸伝」から拾い出した舞台に置き換えて書きはじめられ、より優れた形をめざして、「橋の下」の構成を取り入れていく。そこで、場の限定という技法が、作品の密度を高めるものであり、登場人物が二人しかおらず、その二人が対決するような展開にはきわめて有効であることを学ぶ。主人公がその場所にたどり着くまでの経緯は、後でさかのぼって描く方が緊張感は失われない。だとすれば、「上」「中」「下」というような三章の構成がそもそも間のびしていることになる。もっと密度の高い書き方をめざすとすれば、「中」の冒頭の文章を作品の冒頭に置けば良い。すべての展開を一つの場所に集めてしまい、必要な説明は最小限にしてあとから加える形である。それが「羅生門」の形なのである。

4 「仙人」から「羅生門」を生み出すまで

「羅生門」の草稿

さて、「羅生門」についても、草稿（下書き）が残されている。先に挙げた『芥川龍之介資料集』にも、『芥川龍之介全集』第二三巻（一九九八・一、岩波書店）にも収録されている。「羅生門」の草稿として残っているものは、ほとんどが冒頭部分の文章である。『芥川龍之介全集』では、大学ノートに走り書きされてものを、執筆順を推定して、「草稿ノート」と名づけて、十二の断片に分けて記している。それらは、芥川が、「羅生門」の書き出しに迷いながら、最適な形を探して、何度も書き直していた姿を思いうかべさせる。

「草稿ノート5」と呼ばれている文章を、抹消された部分を省いて挙げる。

交野の平六は　羅生門の下へ来てはじめてずぶぬれになつた襖の袖をしぼつた　しぼるにつれて　生暖い滴が指の間をたら〳〵と流れるのさへ今では気味が悪いと云ふ余裕もない　雨は洗ひざらした紺の襖を通して　下にきてゐる山吹の汗衫まで　ぐつしよりぬらしてゐるのである　平六は　丁寧にしぼつた　両方の袖を　勢よく肩までまくりあげて　それから　やつと石段の上に腰を下ろした

この草稿では、主人公に「交野の平六」という名前がある。平六は、雨に降られて、羅生門の下に駆け込み、袖をしぼり、しずくを払って一息つく。

そう。林冲がしたように、一本腕がしたように、そして李小二がしたように、「羅生門」草稿の主人公が行動している。つまり、芥川の頭の中で重なっていた「水滸伝」と「橋の下」と「仙人」の人物たちの行動が、「羅生門」の主人公に置き換えられていることがわかる。特に、先に挙げた「仙人」定稿の「中」の文章（本書63－64頁）と読み比べてほしい。舞台は、日本の平安朝に変わっているが、主人公が雨に降られて閉ざされた空間に駆け込む行動は、そのままに引きつがれている。

この草稿の存在によって、「仙人」と「羅生門」のつながりが証明される。

ほかにも「交野六郎は　雨の中をぬれながら歩いてゐた……」というような路上の場面を描いた断片（「草稿ノート2」より）もあり、また、「はじめは　唯高い楼門の形が見えた　それから屋根の瓦が雨にうす白く光つてゐるのが見えた　最後に羅生門と群青と金泥の三字を刻した古い扁額が見えた」（「草稿ノート4」より）という、「仙人」定稿の「頭の上の扁額を見ると、それには山神廟と云ふ三字があつた」という表現を使った断片もある。そして、いくつもの書き出しの中に、「羅生門」の定稿に近い断片も見られる。

交野の平六は　羅生門の石段に腰をかけて　雨のはれるのを待つてゐた　石段は所々くづれてそのくづれた所から芽を出した蔦が　鮮な秋の葉を　丹塗のはげた円柱の根まで這はせてゐる

（「草稿ノート6」より）

この断片にはまだ主人公の名はあるが、これが冒頭になってくるとすれば、「仙人」のような雨に降られて走り込んでくる主人公の姿は、もはや描かれなくなっていくと考えられる。これらの草稿を見ていくと、「羅生門」定稿の冒頭の文章が、「仙人」の文章から次第に離れていき、完成されるまでの過程をたどることができる。

或日の暮の事である　一人の侍が　羅生門の下で　雨やみをまつてゐた　高い門の下には　この男の外に誰もゐない　羅生門の朱雀の大路にある以上はこの男の外にも　雨やみをする市女笠や揉烏帽子が見えさうなものである　それが　この男の外には誰もゐない

（「草稿ノート12」より）

「何故かと云ふと」と続くこの断片は、「羅生門」定稿にほとんど一致してきている。到着までの主人公の姿は消えて、「橋の下」の冒頭文の影響からも離れていることになる。そのように模倣から離脱への進歩がくり返される。そうした過程を経て、「羅生門」冒頭の文章は、芥川独自の文章として完成されていく。

「仙人」からの連続性

閉ざされた空間の中で二人の人物が対決する構図も、「仙人」から「羅生門」へと置き換えられていく。冒頭部分以外の細部の表現に使われる語句にも、「仙人」からの連続性が指摘できる箇所がある。

「仙人」において、李小二は、山神廟に駆け込んだ後、道士の存在に気づく。姿を現した道士を描写した文章は先に引用したが、その直前に、まず李が思いがけない存在に気づいて驚く場面がある。その文章を見てみよう。

李は、これだけ、見定めた所で、視線を、廟の中から外へ、転じようとした。すると丁度その途端に、紙銭の積んである中から、人間が一人出て来た。実際は、前からそこに蹲《うずくま》つてゐたのが、その時、始めて、うす暗いのに慣れた李の眼に、見えて来たのであらう。が、彼には、まるで、それが、紙銭の中から、忽然として、姿を現したやうに思はれた。そこで、彼は、聊《いささか》、ぎよつとしながら、恐る恐る、見るやうな、見ないやうな顔をして、そつとその人間を窺つて見た。

「羅生門」では、下人は、ともされた火の光から、楼の上に何者かがいることに気づく。展開は少し違うが、下人が老婆を発見する場面でも、「仙人」と似た語句が使われている。

下人は守宮《やもり》のやうに足音をぬすんで、やつと急な梯子を、一番上の段まで這ふやうにして上りつめた。さうして体を出来る丈、平《（たいら）》にしながら、頸《くび》を出来る丈、前へ出して、恐る恐る、楼の内を覗いて見た。（中略）下人の眼は、その時、はじめて、其屍骸の中に蹲《うずくま》つてゐる人間を見た。

「羅生門」の老婆も、うずくまった姿勢で、突然、姿を現す。芥川は、「仙人」で用いた表現を利用して、「羅生門」の表現に作りかえているといえる。

一方、内容の連続性として挙げられるのは、「仙人」の主人公李小二の持っていた、生きることの苦しみを不当と思う感情や、苦しみを与えるものへの反抗心である。

「羅生門」の下人は、仕えてきた主人から暇を出され、途方にくれていた。その心情は次のように描かれる。

その上、今日の空模様も少からず、この平安朝の下人のSentimentalismeに影響した。申《さる》の刻下《こくさが》りからふり出した雨は、未《（いまだ）》に上るけしきがない。そこで、下人は、何を措《お》いても差当り明日の暮しをどうにかしようとして——云はゞどうにもならない事をどうにかしようとして、とりとめもない考へをたどりながら、さつきから朱雀大路にふる雨の音を、聞くともなく聞いてゐたのである。

このときの下人の心情は、その日暮らしのわびしい生活を送りながら、働けない雨期や冬には、「明日の暮しを考へる屈托《くったく》と、さう云ふ屈托を抑圧しようとする、あてどない不愉快な感情とに心を奪はれて」いた李小二の心情（本書58－59頁）とよく似ていて、李小二以上においつめられている。

もちろん、「聖母の軽業師」の模倣である「仙人」と、「今昔物語集」の原話のプロットを使った「羅生門」では、主人公のこれ以後の行動も未来も異なってくる。置き換えるといっても、プロットは別のものである。だから、二人の主人公の間に進化というようなものを見ることはできないかもしれない。ただ、結果として、下人という新しい主人公において、「漠然とした反抗的な心もち」はより強く表現され、「仙人」では作り出せなかった、反抗心に見合う結末が描かれることになる。

「羅生門」の原話

「羅生門」の原話は、先にも述べたが、「今昔物語集」巻第二十九第十八「羅城門登上層見死人盗人語」（羅城門の上層《うはこし》に登りて死人を見る盗人《ぬすびと》の語《こと》）である。「羅生門」には、他にも、「今昔物語集」を典拠とした部分や語句が多い。

当時、「今昔物語集」は、古典文学として、また歴史的史料として、いくつもの本に収録され、刊行されていた。そこで、芥川が、どの本で「今昔物語集」を読み、「羅生門」に用いたのかという、直接の典拠となった本の追求が必要になる。それぞれの本によって、原話のことばも表記も異なり、読みにくい本もあれば、注の付いた読みやすい本もある。ささいな問題と見えるかもしれないが、直接の典拠がどれかによって、芥川の原話に対する理解も、彼がつけ加えた部分も違ってくる。

この追求は早い時期から行われ、博文館刊行の「校註国文叢書」第一七冊『今昔物語下巻　古今著聞集』（一九一五・八）によるとする説が有力である（安田保雄「芥川龍之介の『今昔物語』――「校註国文叢書」本について――」、安田著『比較文学論考　続篇』、一九七四・四、学友社）。しかし、近年も、「羅生門」草稿から生じる問題も含めて、論争が行われてきた。その上で、細部の語句・表現の一致や、「校註国文叢書」本にあわせて収録されている「古今著聞集」との関連などから、「校註国文叢書」説が確かめられてきている（須田千里「『今昔物語集』の内と外――「羅生門」「偸盗」をめぐって」、『国文学　解釈と鑑賞』二〇〇七・九。ほか）。「校註国文叢書」本は、当時、もっとも読みやすい「今昔物語集」であり、詳しい頭注もつけられている。念のためにつけ加えれば、「校註国文叢書」本が直接の典拠であるといっても、それは、それ以前から芥川が、「今昔物語集」の存在を知っていたという可能性や、少々は読んでいたという可能性を否定するものではない。

しかし、「校註国文叢書」説が正しいとすれば、そこに、「羅生門」の構想や成立に要した期間の問題が残る。一九一五（大正四）年九月に完成された「羅生門」の直接の典拠が、同年八月刊行の「校註国文叢書」本であるとすれば、その間に一カ月ほどの期間しかない。この短期間に、「羅生門」を構想し、完成させることができるのかどうかという疑念が、やはり早くから表明されている（森本修「『羅生門』成立に関する覚書」、関西大学国文学会『国文学』、一九六五・七。ほか）。だから、論争が続いてきたわけである。

本書において、これまで述べてきた「羅生門」の成立までの道のりは、この疑念に答えるものでもある。すでに完成された「仙人」があって、その作品を利用しながら「羅生門」が生まれたとすれば、短期間での完成が可能である。「今昔物語集」の原話と出会う以前から、やがて「羅生門」が成立する準備がされていたわけだから、「羅生門」の誕生が一カ月で行われたということにはならない。「仙人」の完成までの時間も、「羅生門」の誕生に要した時間に含められるからである。ただし、「今昔物語集」の原話に出会ってからの短期間に、芥川の作家としての力量が大きく成長していたことも後に明らかにできるだろう。

以上のことがらをふまえて、ここで、「校註国文叢書」本によって、「今昔物語集」の原話の全文を挙げておこう。これが、芥川の見つけた「羅生門」の原話である。ただし、「校註国文叢書」本の特色である頭注は割愛する。そして、先に挙げたように「新編日本古典文学全集」の現代語訳を付しておこう。

今は昔、摂津《(せっつ)》の国辺《(くにへ)》より盗せむが為に京に上《のぼり》ける男の、日の未《(いま)》だ暮《(くれ)》ざりければ、羅城門《らしやうもん》の下に立隠れて立てりけるに、朱雀《すざく》の方に人重《(しげ)》り行ければ、人の静まるまでと思て門の下に待立てけるに、山城の方より人共の数来《あまた》たる音のしければ、其れに不レ見《(み)》えじと思て、門の上層《(うわこし)》に和《やは》ら掻《かき》つき登たりけるに、見れば火髴《ほのか》に燃したり、盗人恠《(あやし)》と思て連子《れんじ》より臨《のぞき》ければ、若き女の死て臥たる有り、其の枕上に火を燃して、年極《(ご)》く老たる嫗《おうな》の白髪《しらが》白きが、其の死人の枕上に居て、死人の髪をかなぐり抜き取る也けり、盗人此れを見るに心も不《(え)》レ得ねば、此れは若し鬼にや有らむと思て、怖けれども若し死人にてもぞ有る、恐《おど》して試むとて思て、和ら戸を開て刀を抜て、己《(おのれ)》はと云て走寄ければ、嫗手迷《まど》ひをして手を摺《(すり)》て迷へば、盗人此は何ぞの嫗の此《かく》はし居たるとぞと問ければ、嫗「己が主《ぬし》にて御《(おわし)》ましつる人の、失《(うせ)》給へるを繚《あつか》ふ人の無ければ、此て置《(おき)》奉たる也、其の御髪の長《たけ》に余て長ければ、其を抜取て鬘《かづら》にせむとて抜く也、助け給へ」と云《(いい)》ければ、盗人死人の著《(き)》たる衣と嫗の著たる衣と抜《ぬき》取てある髪とを奪取《(うばいとり)》て、下走《おりはしり》て逃《(にげ)》て去《(さり)》にけり、然《(さ)》て其の上の層には死人の骸《から》ぞ多かりける、死たる人の葬《(ほうむり)》など否不《(えせざる)》レ為をば此門の上にぞ置ける、此の事は其の盗人の人に語けるを聞継《つぎ》て、此《(か)》く語り伝へたるとや。

(今は昔、摂津国《せっつのくに》のあたりから、盗みを働こうと京に上ってきた男が、まだ日が暮れないので、羅城門の下に立ち隠れていたが、朱雀大路のほうはまだ人の行き来が激しい。そこで、人通りが静まるまでと思い、門の下に立って時刻を待っていると、山城《やましろ》のほうから大勢の人がやってくる声がしたので、それに見られまいと門の二階にそっとよじ登った。見れば、ぼんやりと灯がともっている。

盗人は、おかしなことだと思い、連子窓《(れんじまど)》からのぞいてみると、若い女が死んで横たわっている。その枕元《まくらもと》に灯をともし、ひどく年老いた白髪の老婆がそこにすわって、死人の髪を手荒く抜き取っているのだった。

盗人はこの様子を見て、どうにも合点がいかず、もしやこれは鬼ではなかろうかと思い、ぞっとしたが、あるいはすでに死んだ者の霊かもしれぬ。ひとつ脅して試してみようと気を取り直し、そっと戸を開け刀を抜いて、「こいつめ、こいつめ」と叫んで走りかかると、老婆はあわてふためき、手をすり合せて狼狽《ろうばい》する。そこで、盗人が、「婆《ばば》あ、おまえはいったい何者だ。何をしているのだ」ときくと、老婆は、「じつはこの方はわたしの主人でいらっしゃいますが、お亡くなりになって、とむらいをしてくれる人もおりませんので、こうしてここにお置きしているのです。そのおぐしが背丈（せたけ）に余るほど長いので、それを抜き取り鬘《かつら》にしようと思って抜いているのです。どうぞ、お助けくだされ」と言う。それを聞いて、盗人は死人の着ていた着物と老婆の着衣、それに抜き取ってあった髪の毛まで奪い取って、二階から駆け降り、どことも知れず逃げ去った。

ところで、この二階には死人の骸骨がたくさん転がっていた。葬式などできない死人をこの門の上に捨てて置いたのである。

このことはその盗人が人に語ったのを聞き継いで、こう語り伝えているということだ。

（「新編日本古典文学全集」第三八巻『今昔物語集④』、前掲、国東文麿訳）

盗人になろうとしていた主人公が、人のいないはずの羅生門の上層で、老婆を発見する。老婆は、若い女の死体から髪を抜いていた。この得体のしれない存在を見て、主人公は恐れるが、脅かして試してみようと思い、老婆に襲いかかる。老婆は逃げまどい、主人公に自分のしていたことを語る。それを聞いて、主人公は、死人の着衣などを奪って逃げ去ってしまう。

物語のプロットは、大きくは変えずに「羅生門」に用いられる。その上で、空間や世界が造形され、主人公が設定され、詳細な心理描写が加えられる。副主人公についても、周到に作り直されていく。芥川が、「仙人」の執筆過程で学び取ったものが盛り込まれ、その上に新たな技巧と意図的な表現とがつけ加えられていく。

そのように見てくれば、もし、「仙人」という経由地がないとすれば、「羅生門」の成立過程を合理的に説明することは難しいと考えられる。たとえば、いったい、どのような状況であれば、右の物語に芥川が目を留めるだろうかと考えてみてほしい。右の物語は、「今昔物語集」の中で、とりわけめだつものとは思われない（「鼻」の原話の方が、よほどめだつ物語だろう）。しかし、彼は、この物語に注目した。

この物語では、閉ざされた空間の中で、二人の人物が争い、主人公が何かを得て去って行く。この物語は、自分が書き上げたばかりの作品と多くの共通点を持っている。そうであるから、「今昔物語集」を読みながら、芥川は、この物語を見過ごせなかったのではないか。そして、「仙人」に満足していなかった彼は、これまで学び取ってきたものを、もう一度この物語に置き換えて、より優れた作品を作り出そうとしたと考えられる。

コラム7 羅生門の鬼の伝説

「羅城門」を「羅生門」と表記したのは、芥川の独創ではない。謡曲に「羅生門」があり、これは、渡辺綱《わたなべのつな》が羅生門の鬼を退治する、いわゆる〈羅生門伝説〉といわれる話を素材としている。先に触れた「芥川龍之介文庫」にも、観世流謡本が五冊所蔵されており、「羅生門」も含まれている。

ところで、芥川は、「今昔物語集」をすみずみまで読んで、物語の内容だけでなく、本文の表現に着目して、平安朝のことばを拾い集めている。例えば、下人の「山吹の汗衫《かざみ》」に「紺の襖《あを》」を重ねるという衣装は、巻第二三第一五「陸奥前司橘則光切殺人語」（陸奥《みちのく》の前司《ぜんじ》橘則光、人を切り殺す語）に登場する武者の服装などを使っている。さらに、調べていけば、本文だけではなく、「校註国文叢書」本の頭注までも注意深く読んでいたことが知られる（清水康次「芥川文学のことば——初期作品の語彙を中心に——」、『光華日本文学』一九九五・八）。

〈羅生門伝説〉にかかわる物語に目を戻せば、「今昔物語集」には、巻第二七第一三の「近江国安義橋鬼噉人語」（近江の国、安義橋《あきのはし》の鬼、人を噉ふ語）がある。芥川は、この物語から「頭身の毛太る」という鬼に出会ったときの恐怖の表現を借りて、老婆に出会ったときの下人の感情の表現としている。また、巻第二四第二四の「玄象琵琶為鬼被取語」（玄象《げんじょう》といふ琵琶、鬼の為に取らるる語）も、羅城門が舞台になる鬼の物語である。この物語に付けられた「羅城門」の語の頭注には、「一に羅生門に作る」、つまり、羅生門と書かれることもあると記されている。芥川が、「羅城門」を「羅生門」と表記するきっかけはいくつもあったわけである。

なお、「校註国文叢書」本の「今昔物語集」は、巻第一一以下の「本朝部」のみを収録しており、本来の巻第一一を巻第一としている。そのままでは、典拠が確認しにくいので、本書では、「今昔物語集」の説話を示す場合、巻数はすべて原典の巻数に換算しなおして表記している。

第四章　「羅生門」の世界を読み解く

1　緻密に構成された幕あき

空間と世界の設定

この章では、「羅生門」という作品について、そのことばや表現をできるかぎり忠実に読みとり、作品の世界とその意味とを明らかにしていきたい。意外な読み方ができることに気づいてもらえると思う。その中で、ことばや表現に即して読むということがどういうことか、また、そうすることで何がわかってくるのかを示していきたい。作品のおもな部分は引用して示していくが、本書の巻末に、付録資料として「羅生門」の全文を掲げておくので、適宜参照してほしい。

さて、作品は、巧みな構成と密度の高い表現で幕をあける。もう一度、書き出しの部分から引用する。

或日の暮方《くれがた》の事である。一人の下人が、羅生門の下で雨やみを待つてゐた。
広い門の下には、この男の外《ほか》に誰もゐない。唯、所々丹塗《にぬり》の剝《は》げた、大きな円柱《まるばしら》に、蟋蟀《きりぎりす》が一匹とまつてゐる。羅生門が、朱雀大路《すじやくおほぢ》にある以上は、この男の外にも、雨やみをする市女笠《いちめかさ》や揉烏帽子《もみえぼし》が、もう二三人はありさうなものである。それが、この男の外には誰もゐない。

この「一人の下人が、羅生門の下で雨やみを待つてゐた」という一文を、冒頭部分の起点と呼んでおこう。まず、この起点となる事実が述べられ、そこがどのような場所であり、なぜ下人がそこにいるのかなどということは、あとにまわされる。「仙人」を書き直していく中で学び取った、緊迫感のとぎれない表現方法である。一人の下人が羅生門の下にいる。そこは、雨によって閉ざされた空間であり、ほかには誰もいない無人の空間である。
次に、ここに誰もいない理由を説明しながら、作者は、門の外の洛中（都）の世界を形づくっていく。

何故かと云ふと、この二三年、京都には、地震とか辻風とか火事とか饑饉とか云ふ災《わざわひ》がつゞいて起つた。そこで洛中のさびれ方は一通りではない。旧記によると、仏像や仏具を打砕いて、その丹《に》がついたり、金銀の箔《はく》がついたりした木を、路《みち》ばたにつみ重ねて、薪《たきぎ》の料《しろ》に売つてゐたと云ふ事である。洛中がその始末であるから、羅生門の修理などは、元より誰も捨てゝ顧《かえりみ》る者がなかつた。するとその荒れ果てたのをよい事にして、狐狸《こり》が棲《す》む。盗人《ぬすびと》が棲む。とうとうしまひには、引取り手のない死人を、この門へ持つて来て、棄てゝ行くと云ふ習慣さへ出来た。そこで、日の目が見えなくなると、誰でも気味を悪るがつて、この門の近所へは足ぶみをしない事になつてしまつたのである。

外に広がる洛中の世界は、うちつづく災害にみまわれた、さびれた世界である。そのさびれ方の極みにあるのが羅生門であると語られる。羅生門に住むのは、狐狸や盗人であり、「引取り手のない死人」さえ捨てられている。洛中はどんなにさびれても、人々の生活する日常の世界であるが、羅生門は、人の近づかない、非日常の空間である。

作者は文章を巧みにあやつり、短い文章の中で、羅生門の持つ意味と、外に広がる洛中の持つ意味と、さらに両者の関係までも設定していく。密度の高い、周到な表現であり、こうしたところに、書き手の技巧の飛躍的な成長を見ることができる。そして、これまで見てきた「橋の下」にも「仙人」にも、閉ざされた空間の外にある世界は、関連づけては描かれていなかった。しかし、後に明らかになるように、外の洛中という日常の生の世界なしに、この作品の意味は完結しない。作者は、「橋の下」にも「仙人」にもなかったものを表現しようとしていく。

主人公の設定

文章は、羅生門には、人が近づかない代わりに「鴉《からす》が何処《どこ》からか、たくさん集つて来た」と続き、けれども「今日は、刻限が遅いせいか、一羽も見えない」と語られて、もとの無人の空間に戻ってくる。そして、門の石段に座って、にきびを気にしながら、ぼんやり雨のふるのを眺めている下人の姿で段落が終わる。この「下人は……ぼんやり、雨のふるのを眺めてゐた」という表現は、起点と呼んだ「一人の下人が、羅生門の下で雨やみを待つてゐた」という冒頭の文と同じ意味を持ち、その再現である。文章の流れを整理すれば、作者は、起点からはじめて、空間を作り、世界を設定して、起点に戻ってきたことになる。だから、「作者はさつき……」という次の文章が続くことになる。

作者はさつき、「下人が雨やみを待つてゐた」と書いた。しかし、下人は雨がやんでも、格別どうしようと云ふ当てはない。ふだんなら、勿論《もちろん》、主人の家へ帰る可き筈《はず》である。所がその主人からは、四五日前に暇《ひま》を出された。前にも書いたやうに、当時京都の町は一通りならず衰微してゐた。今この下人が、永年、使はれてゐた主人から、暇を出されたのも、実はこの衰微の小さな余波に外ならない。だから「下人が雨やみを待つてゐた」と云ふよりも「雨にふりこめられた下人が、行き所がなくて、途方にくれてゐた」と云ふ方が、適当である。

ここでは、主人公の人物像が設定されている。人物像といっても、必要最小限のことしか説明されない。主人公は、名前さえ示されず、ただ、居場所もなく、仕事もなく、生きていく手段も持たない人物として設定される。そして、このままでは生きていけないという課題を背負わされている。つまり、誰もいない空間に、何も持たない主人公がいることになる。空間の無が、主人公の無と対応しており、巧みに印象が統一されている。

この段落は、とりとめもない考えをたどりながら、雨の音を聞いている主人公の姿で締めくくられる。この「さつきから朱雀大路にふる雨の音を、聞くともなく聞いてゐた」という表現も、ふたたび起点へ戻ってきたことを示している。

一連の冒頭の文章をまとめておけば、「下人が……雨やみを待つてゐた」、「下人は……ぼんやり、雨のふるのを眺めてゐた」、「下人は……さつきから朱雀大路にふる雨の音を、聞くともなく聞いてゐた」という、同じ意味の表現が三度くり返されている。そして、その間に、空間と世界の造形と、主人公の設定がはさみこまれている。起点があって、そこから二つのまわり道をして、起点に戻る。その間に、作品に必要な設定が完了している。まるで明瞭な図表のように配置された構成である。

くり返される文章も、二番目のものが「眺めてゐた」と、下人の目に見えるものを描いているのに対して、三番目のものは「聞いてゐた」と、下人の耳に聞こえるものを描いている。同じ意味の表現に、視覚、聴覚という変化を与えている。まさに、過剰と思われるほどに、磨きぬかれた表現であるといえる。これほど緻密な文章の構成は、今まで見てきたどの先行作品にも見出せない。「はじめに」で見た短編小説の定義にかなう文章表現である。すでに学習の段階は終わり、彼独自の短編小説の表現が誕生している。

「雨」の機能

雨は、「仙人」の場合よりもはるかに巧みに利用されている。もし雨が降っていなければ、羅生門は洛中と洛外とを区分する境界線にすぎない。しかし、雨が降っているから、門の下に空間が生まれ、外の世界から閉ざされる。そのことで、下人に、雨やみを待つというモラトリアムの時間が与えられる。そして、雨は、心理的にも、下人の「Sentimentalisme」（感傷癖）に影響し、状況を打開しようとする力を削いでしまう。

しかし、外の世界から閉ざされているといっても、鍵のかかった扉や高い壁があるわけではない。濡れることさえいとわなければこの空間から出ていくことはたやすい。空間は、柔らかに閉ざされているだけである。もし、下人に仕事があり、行かなければならない場所や帰るべき場所があれば、下人はいつまでも雨やみを待っていたりはしなかっただろう。だから、つまるところ、下人は、雨が降っているから門の下にたたずんでいるのではなく、行き場所がないからここにいるのである。

そのように、雨には、外の世界から柔らかく閉ざされた空間を作るという機能がある。作者が、「橋の下」の表現から学んだものの応用ともいえる。しかし、このような雨の機能は、「橋の下」に限らず、多くの先行作品で使われている。最初は「橋の下」から学んだとしても、「羅生門」を執筆する時点では、芥川は、多くの類似形象を思いうかべていたことだろう。

例えば、夏目漱石の「それから」（一九一〇・一、春陽堂）の一場面を挙げることができる。この作品では、雨は何度も効果的に用いられているが、主人公代助が三千代に愛を告白する場面では、百合の香のただよう、閉ざされた空間を作り出す。

「それから」の後半部分、代助は、三千代への愛を自覚し、その告白を決心する。しかし、雨が降っているために戸外では話せない。三千代を自分の家に連れてくるしかないと決めるが、書生の門野《かどの》に聞かれることが気になる。「話のし具合《ぐあい》では書生部屋に洩れない様にも出来る」と考えて、彼は三千代を呼び寄せる。そして、幸いに、雨の音によって、二人は、門野を気にせずに話し合うことができる。


雨は依然として、長く、密《みっ》に、物に音を立て、降つた。二人は雨の為に、雨の持ち来《きた》す音の為に、世間から切り離された。同じ家に住む門野からも婆さんからも切り離された。二人は孤立の儘《まま》、白百合の香《か》の中に封じ込められた。

（第十四章）


百合の香で満たされ、雨によって閉ざされた空間の中で、代助と三千代は、外の現実から切りはなされて、二人の過去をさかのぼっていく。そして、やがて代助の告白のことばが口に出される。

この巧みな漱石の表現も、「羅生門」を書く芥川の頭の中にあっただろう。「羅生門」を書く時点での芥川は、「橋の下」だけを模倣したのではなく、少しずつ異なりながら似通ういくつもの作品の類似形象を思い起こして、雨を用いたのだろう。

漱石や芥川を先行文学として持つ現代の作家たちは、このような雨や雪の機能をさらによく理解していることだろう。必要があれば、雨宿りの軒先とか、一本の傘の下とかに、外の世界から柔らかに閉ざされた空間を形づくる。現代の文学作品から、そのような場面を探すことは容易である。しかし、大正前期においては、このような表現はまだ新しかった。当時においては、この雨の使い方は、まさに「狡猾」と呼ぶにふさわしいものだった。

芥川が、多くの典拠や類似形象から技法を学んだように、多くの後輩たちが、直接的にあるいは間接的に、「羅生門」から短編小説の書き出し方を学んだことだろう。ただ、この作品が準処女作であったからこそ、これほどに緻密な冒頭部分を作ったとみることもできる。作家として書き慣れていけば、むしろこのような型にはまった書き方は避けようとするのかもしれない。

「羅生門」の基本構造

主人公がかかえていた、明日からの暮らしをどうするのかという課題は、続く部分でつき詰められる。

どうにもならない事を、どうにかする為には、手段を選んでゐる遑《いとま》はない。選んでゐれば、築土《ついぢ》の下か、道ばたの土の上で、饑死《(うえじに)》をするばかりである。さうして、この門の上へ持つて来て、犬のやうに棄てられてしまふばかりである。選ばないとすれば——下人の考へは、何度も同じ道を低徊《ていかい》した揚句《あげく》に、やつとこの局所へ逢着《ほうちゃく》した。しかしこの「すれば」は、何時までたつても、結局「すれば」であつた。下人は、手段を選ばないといふ事を肯定しながらも、この「すれば」のかたをつける為に、当然、その後に来る可き「盗人になるより外に仕方がない」と云ふ事を、積極的に肯定する丈《(だけ)》の、勇気が出ずにゐたのである。

明日からの暮らしをどうするかといっても、下人には、饑死をするか、盗人になるかしかない。しかし、それは選択の自由な二者択一ではない。下人は、死にたくなければ盗人になるしかなく、選択の方向はすでに決まっている（三好行雄「無明の闇——「羅生門」の世界——」、三好著『芥川龍之介論』、一九七六・九、筑摩書房）。にもかかわらず、門の下の下人には、それを行動に移す「勇気」が欠けていた。三好は、そこに下人の倫理を見るが、「勇気」ということばそのものは、ことの善悪にはかかわっていない。どのようなものであれ行動をひきおこす力が「勇気」と呼ばれている。

描かれてきた門の下の空間の無と、何も持たない下人の無は、内面の「勇気」の無とともひびき合う。作品の幕あきに描かれるのは、一切が無の状況である。このままでは何もはじまらないし、何も解決されない。

下人は、答を出すことを先のばしにして、門の外へは向かわず、門の上の楼へ登ろうとする。そのとき、上の楼に火の光が見え、何ものかが存在することがわかる。「橋の下」や「仙人」と同様の、対決すべき副主人公の出現である。下人は、無人の門の下から、得体のしれない者のいる楼の上へと移動する。舞台は一変し、二人の対決する空間に変わる。そして、副主人公との対決を通して、下人は「勇気」を獲得し、盗人になることになる。したがって、この作品の持つ基本的な構造は、無から有への変化であり、下人の側からいえば、はじめはなかった「勇気」が、やがて獲得されるという変化である。

ところで、「羅生門」の最後の一文を記憶している人も多いだろう。おそらく、「下人の行方は、誰も知らない。」だったなと答えてくれるだろう。しかし、「羅生門」が、はじめて『帝国文学』(一九一五・一一)に発表されたとき、その最後の一文は、「下人は、既に、雨を冒して、京都の町へ強盗を働きに急ぎつゝあつた。」であった。はじめて本に収録した(『羅生門』、一九一七・五、阿蘭陀書房)ときにも、「下人は、既に、雨を冒して、京都の町へ強盗を働きに急いでゐた。」であり、大きく変わってはいなかった。

この末尾文は、「羅生門」が、『鼻』(「新興文芸叢書」第八編、一九一八・七、春陽堂)に再録される際に、「下人の行方は、誰も知らない。」に修正される。修正は、作品の発表から三年後である。なぜ、それほど遅れて変えられたのかという理由については、諸説がある。芥川自身の修正であるので、これを完成形と認めることはまちがっていない。しかし、「下人の行方は、誰も知らない。」と、「下人は、既に、雨を冒して、京都の町へ強盗を働きに急ぎつゝあつた。」とでは、ラスト・シーンのイメージが大きく異なる。

今注目しておきたいのは、最初に発表されたときの末尾文である。というのは、そこには雨への言及があるからである。作品のラストでも雨はやんでいない。雨やみを待っていた下人は、明日からの暮らしについての答を出し、雨など気にかけずに外に走り去っていく。「雨を冒して」という表現は、下人の「勇気」の獲得と生き方の決定をみごとに表現している。つまり、こちらの末尾文であれば、雨の機能は最後までつらぬかれていることになる。その点に限っていえば、修正前の初出の末尾文ないし『羅生門』初刊本に収録された本文の方が首尾一貫しているといえる。

2　下人の獲得する二つの「勇気」

「勇気」の獲得

「羅生門」は、門の下の下人を描く部分と、楼の上の下人を描く部分に二分される。無から有へ、「勇気」の欠如から獲得へという変化が、この作品の持つ基本構造であると捉えてきた。しかし、楼の上では、「勇気」は二度生まれている。それも「反対な方向に動かうとする勇気」であるという。

しかし、之《これ》（引用者注――老婆の話）を聞いてゐる中に、下人の心には、或勇気が生まれて来た。それは、さつき門の下で、この男には欠けてゐた勇気である。さうして、又さつきこの門の上へ上つて、この老婆を捕へた時の勇気とは、全然、反対な方向に動かうとする勇気である。

早くに、吉田精一が、二つの「勇気」を次のように説明し、定説化していた。

龍之介は……熱烈な正義感に駆られるかと思うと、やがて冷いエゴイズムにとらわれる、善にも悪にも徹底し得ない不安定な人間の姿を、そこに見た。正義観《ママ》とエゴイズムの葛藤のうちに、そのような人間の生き方がありとし、そこから下人にエゴイズムの合理性を自覚せしめている。

（吉田精一『芥川龍之介Ⅰ』、前掲）

二つの「勇気」を、第一の「勇気」、第二の「勇気」と呼ぶとすれば、吉田は、第一の「勇気」を正義感と捉え、第二の「勇気」をエゴイズムと捉えている。彼の読み方では、「反対な方向に動かうとする勇気」とは、善に向かう勇気と悪に向かう勇気という意味になり、対立するものとなる。そして、最初は正義感に動かされたものの、次にはエゴイズムに動かされる、矛盾した主人公の心理を描いていると捉えて、作品のテーマを、生きるためにはやむをえないエゴイズムにあるとしている。この吉田説と同じように考えて読んだ人も多いだろう。

しかし、作品の文章を精確に読めば、この理解が妥当ではないことがわかる。

近年はこの定説的な理解への反論や修正意見が数多く提出されている。その詳細についてはいくつもの場所で述べられているので（関口安義「自己解放の叫び――「羅生門」――」、関口著『芥川龍之介実像と虚像』、一九八八・一一、洋々社。ほか）、そちらにゆだねたい。本書では、作品の文章の一字一句を精確に読み取っていくという方法で、もっとも妥当と思われる読み方を探していきたい。

第一の「勇気」

第一の「勇気」は、老婆が死人の髪の毛を抜く様子を見ているうちに生まれてくる。少し話を戻せば、死骸しかないと思っていた楼の上に老婆を発見したとき、下人はまず「六分の恐怖と四分の好奇心」を感じる。「頭身《とうしん》の毛も太る」という「今昔物語集」の慣用表現を使って、このときの下人が、鬼か魔物に出会ったように感じていたことが示されている。「頭身の毛も太る」とは、総身の毛が逆立つほどの恐怖という意味である。しかし、髪の毛が抜かれていくにつれて、下人の心からは恐怖が少しずつ消えていき、それに代わって、老婆に対するはげしい憎悪が生じてくる。そのときの下人の心理は次のように描かれる。

いや、この老婆に対すると云つては、語弊《ごへい》があるかも知れない。寧《むしろ》、あらゆる悪に対する反感が、一分毎に強さを増して来たのである。この時、誰かがこの下人に、さつき門の下でこの男が考へてゐた、饑死をするか盗人になるかと云ふ問題を、改めて持出したら、恐らく下人は、何の未練もなく、饑死を選んだ事であらう。それほど、この男の悪を憎む心は、老婆の床《ゆか》に挿した松の木片のやうに、勢《いきおい》よく燃え上り出してゐたのである。

下人には、勿論、何故老婆が死人の髪の毛を抜くかわからなかつた。従つて、合理的には、それを善悪の何《いず》れに片づけてよいか知らなかつた。しかし下人にとつては、この雨の夜に、この羅生門の上で、死人の髪の毛を抜くと云ふ事が、それ丈で既に許す可らざる悪であつた。勿論、下人は、さつき迄自分が、盗人になる気でゐた事なぞは、とうに忘れてゐるのである。

二つの段落を費やして、下人の心理が語られる。前の段落に、「あらゆる悪に対する反感」とか、「悪を憎む心」とあることから、吉田説のように、このときの下人は正義感にかられたのだという読み方が成り立ちそうに思われる。しかし、それは、まだ後の段落を読んでいないからである。そもそも、下人の第一の「勇気」が正義感で片づくなら、こんなに長い説明はいらなかっただろう。

前の段落で語られているのは、下人が老婆の行為への憎悪を、「あらゆる悪に対する反感」と思って行動を起こしたことと、もし「饑死をするか盗人になるか」と問う者がそばにいれば、下人は「何の未練もなく、饑死を選んだ事であらう」ということとの二つである。

しかし、後の段落は、まさにその二つのことへの疑念を示している。下人は、老婆が死人の髪の毛を抜く理由を知らなかった。したがって、老婆の行為については、それが善か悪かわかってはいなかった。憎悪が正義感であるためには、相手の行為が悪であることが前提条件である。とすれば、老婆の行為の意味もわからない下人に、善悪に対する合理的な判断などなかったはずだと、後段は言う。ただ、その行為のいまわしさが、悪と見えたにすぎず、実際には、下人が正義であったかどうかは疑わしいことになる。

また、下人は、さっきまで自分が盗人になろうとしていたことも忘れている。饑死を選んだといっても、老婆の姿を見ながら、饑死をするか盗人になるかをくらべて考え、その上で出した結論ではない。そうであれば、「何の未練もなく」というのは、何も考えずに、そのときの勢いに流されてということにもなりかねないと、後段は言う。下人は、強盗になるという選択肢を否定したわけではない。

そのように、二つの段落の内容は、明らかにくいちがっている。このくいちがいをどのように理解すれば、表現に即した読み方が得られるだろうか。

二つの段落をふり返ってみると、後段の文章は、燃え上がる憎悪は、あくまで感情であり、合理的な判断も、倫理的な意識もなかったことを確認している。とすれば、前の段落では、憎悪に燃え上がった下人の心の中の思いこみが語られ、後の段落では、つき放した目で下人の心の実質が明らかにされていると見るのが妥当だろう。「勿論」ということばのくり返しも、後の段落の方に作者の目があることを示している。

憎悪は激しく燃えあがれば、自分を正義の位置に置きかねない。そして、相手を、正体がわからなくても、悪の代表にしてしまう。だから、下人は、自分は、悪に対する正義なのだと思う。しかし、そこに合理性はなく、客観的に見れば、それは感情の激しさから生まれる思いこみにすぎない。つまり、憎悪の感情をめぐる、下人の思いこみと作者の合理的なまなざしが、前段と後段のくいちがいを作り出しているといえる。

したがって、第一の「勇気」を、倫理的な意味での正義感とする読み方は、作品の表現に即していない。第一の「勇気」は、あくまでも憎悪という感情の力である。

その憎悪の感情が、下人に、老婆に襲いかかるという行動をとらせる。その後の下人の心理の変化をたどっていこう。

争いの後、下人は、老婆を捕らえてその生死を手中にする。そのとき、燃えあがっていた憎悪はさめてしまう。後に残るのは、鬼か魔物かと思った相手を取り押さえたという、大仕事をしあげたときのような「安らかな得意と満足」である。もし、下人を動かしたものが正義感であり、倫理的な判断であったなら、この時点でそれが弱まることはなかっただろう。

そして、ようやく、下人は老婆に行為の意味を問う。それに対して、老婆は「この髪を抜いてな、鬘《かつら》にせうと思うたのぢや」と答える。下人は、老婆が実は鬼でも魔物でもなく、平凡な人間にすぎなかったことを知る。この答は下人を失望させ、せっかくの得意と満足を台なしにしてしまう。そして、それに代わって、前の憎悪が、冷やかな侮蔑と一緒に下人の心に湧き上がってくる。そのように作者は語り進め、下人の心理の動きを追っていく。

第二の「勇気」

では、下人の侮蔑を感じとった、老婆の長い弁明を聞いて生じる、第二の「勇気」とは何なのだろうか。

これについては、第一の「勇気」のような説明はない。ただ、下人は、老婆の弁明を「冷然として」聞き、「嘲《あざけ》るやうな声で念を押し」、「嚙《か》みつくやうにかう云つた」という反応が描かれているだけである。それらの表現から見れば、下人が老婆の弁明を聞きながら、老婆への反感をつのらせていたことは確かである。

作者は、先に、下人の心には、老婆に対する憎悪が侮蔑とともによみがえっていたと語っていたが、第二の「勇気」は、この老婆への侮蔑の感情と考えられる。なぜなら、このときの下人の心からは、饑死などということは、考えることもできないほど意識の外に追い出されていたと語られているからであり、このときもまた、下人の中に倫理や論理は動いていなかったからである。

では、老婆の弁明とは、どのようなものだったのだろう。それは、下人に侮蔑の感情をつのらせるのにふさわしいものだったのだろうか。

「成程な、死人《しびと》の髪の毛を抜くと云ふ事は、何ぼう悪い事かも知れぬ。ぢやが、こゝにゐる死人どもは、皆、その位な事を、されてもいゝ人間ばかりだぞよ。現在、わしが今、髪を抜いた女などはな、蛇を四寸ばかりづゝに切つて干したのを、干魚《ほしうを》だと云うて、太刀帯《たてはき》の陣へ売りに往んだわ。疫病《えやみ》にかゝつて死ななんだら、今でも売りに往んでゐた事であろ。それもよ、この女の売る干魚は、味がよいと云うて、太刀帯どもが、欠かさず菜料《さいれう》に買つてゐたさうな。わしは、この女のした事が悪いとは思うてゐぬ。せねば、饑死をするのぢやて、仕方がなくした事であろ。されば、今又、わしのしてゐた事も悪い事とは思はぬよ。これとてもやはりせねば、饑死をするぢやて、仕方がなくする事ぢやわいの。ぢやて、その仕方がない事を、よく知つてゐたこの女は、大方わしのする事も大目に見てくれるであろ。」

この弁明については、さまざまな読み方が提出されてきている。後半の論理を肯定的に読み、仕方がない悪は許されるという認識を重視する説があり、下人がそれに支えられて盗人になる決心をしたという読み方もされている。その読み方では、老婆は、深い認識を語り、その論理が下人を導くことになる。しかし、その読み方は文章に即してはいない。よく読めば、この弁明での老婆の論理は矛盾しているからである。

最初、老婆は、自分の行為を悪と認める。その上で、死人の女のしていた悪事を強調し、相手は、そのくらいのことをされてもいい人間だと言う。自分の行為をいわば女の悪事への報いだとし、だから非難されるようなものではないと主張する。しかし、次には一転して女の行為を弁護しはじめる。女の行為は、しなければ饑死してしまうから仕方がなくしたことであり、だから悪とは思わないと言う。そして、自分の行為も同じなのだから、悪ではなく、許されると主張している。

老婆は、最初は女の悪を攻撃し、次には女の悪を弁護する。論理は途中でまったく逆転している。しかも、どちらの論理も、自分の行為を正当化しようとするものであり、非難からのがれようとするものである。そして、女の悪事への報いだと主張するときにも、仕方のない悪は許されると主張するときにも、自分の行為への反省ややましさの意識は見られない。そんな老婆の弁明は、深い認識を宿したようなものではなく、自己の行為が不当なものではないと見せかける詭弁にすぎない。

この詭弁を、下人は冷然として聞き、「きつと、さうか」と、あざけるような声で念を押す。そして、「では、己が引剝《ひはぎ》をしようと恨むまいな。己もさうしなければ、饑死をする体なのだ」とかみつくように言う。下人は、老婆に対して、それならお前が強盗にあっても、相手を許さなければならないぞと告げていることになる。

饑死をしないためにする悪事が許されるというのなら、たいていの悪事は許されるだろう。逆に、そう主張するなら、自分もたいていの悪事を許さなければならなくなる。老婆は、自分への非難をかわすための冗舌が、自分への攻撃をまねく冗舌でもあることに気づいていない。筋の通らない詭弁を長々と聞かされた下人が、老婆への侮蔑の強さを増していったとしても不思議ではないだろう。

下人は、すばやく、老婆の着物を剝ぎとつた。それから、足にしがみつかうとする老婆を、手荒く屍骸の上へ蹴倒した。梯子の口までは、僅に五歩を数へるばかりである。

老婆は、そのことばとはうらはらに、下人を許そうとはせず、足にしがみついて抵抗する。一方、それをけり倒して走り去る下人は、はじめから老婆の許しなど期待してはいない。二人とも、仕方がないからする悪が許されるなどとは思っていなかったことが、この行動に明白に示されている。

まとめれば、第一の「勇気」とは、老婆に対する憎悪の感情であり、第二の「勇気」とは、老婆に対する侮蔑の感情である。下人において、行動をひきおこす「勇気」とは、憎悪にしても、侮蔑にしても、湧き上がる感情の力である。そして、老婆という存在に対する反感として一貫している。つまり、下人の心理に矛盾はなかったことになる。湧き上がる感情にかられて行動する下人の中に、倫理や論理を読もうとすることは、作品の表現にみあった読み方とはいえない。

文中にあった「反対な方向」とは、饑死に向かうか、盗人に向かうかである。善悪という価値観をあてはめれば、下人の行動は矛盾しているように見えるかもしれない。しかし、作者の語りにしたがって、下人の心理の実質を見れば、下人は、どちらにしても老婆への反感に動かされているだけである。むしろ、善とか悪とかという外からの倫理観をしりぞけて、二つの「勇気」の内実を一連の感情として語ったところにこそ、芥川の独自の解釈があったと見ておくべきだろう。

3　老婆のエゴイズムと下人のエゴイズム

老婆の意味

さて、そのように読んできたとき、老婆と下人はどのような意味を持つのだろうか。また、この作品は何を言おうとしていることになるのだろうか。

老婆と下人はともに悪人ではあるが、二人の人物の持つ意味は同じではない。まず、老婆という存在の持つ意味について考えていきたい。

老婆の行為は、死人の髪を抜いてかつらにすること、つまり、かつらとして売ることである。かつらは、通常、余った髪などを集めて作ったものであり、死人の髪から作るものではない。「今昔物語集」の原話では、老婆が髪を抜く相手は、自分が仕えていた主人であるが、「羅生門」では、多くの死骸の一つである。作者は、その点において、原話を改変している。そして、この改変によって、老婆の行為は一回限りのものではなくなる。

老婆は、ふだんから、死人の髪の毛で作ったかつらを売って生活の糧としていたのだろう。死を穢《けが》れとして強く嫌った平安朝の時代性を考慮するにしても、あるいは現代の感覚からしても、死人の髪から作ったかつらが売れるはずはない。とすれば、老婆は、その出所を隠して、正当なものと偽って売っていたことになる。老婆の行為には、死体にふれるというタブーに属する気味悪さがあり、怪しげなものを正当なものと見せかける偽りがある。下人に対する弁明が、見せかけだけをとりつくろうものであったように、老婆は、偽りや見せかけを象徴する存在である。そして、その内実として、善悪などにはおかまいなしに、自分の利害だけを考えるエゴイズムがある。
そのことに気がつけば、この老婆に髪を抜かれる死人の女がしていた行為も、老婆の行為と酷似していることがわかる。この女は、蛇を切って干したものを干し魚だと偽って、太刀帯の陣に売りに行っていた。この女の行為にも、蛇を食べるというタブーにかかわるような気味悪さがあり、怪しげなものを正当なものと見せかける偽りがある。二つの行為の類似は偶然ではない。なぜなら、蛇を干し魚と偽って売る女の話は、同じ「今昔物語集」の中から拾い出されてきているからである。巻第三十一第三十一「太刀帯陣売魚嫗語」（太刀帯《たてはき》の陣に魚を売る嫗《おうな》の語《こと》）が、この女の話の典拠であることは、早くから指摘されている。

今は昔、三条の院の天皇の東宮にて御《おは》しましける時に、太刀帯《たてはき》の陣に常に来て魚売る女有けり、太刀帯共此れを買ひて食ふに、味《あじわ》ひの美《うま》かりければ、此れを役と持成《もてな》して菜料に好みけり、干たる魚の切々なるにてなむ有ける、

（今は昔、三条天皇が皇太子でいらっしゃったころ、帯刀《たてわき》の詰め所にいつも魚を売りに来る女がいた。帯刀どもがこれを買い取らせて食べてみると、なかなかよい味なので、もっぱらこれをもてはやし、おかずとして賞味していた。それは、干魚を小さくこま切れにしたものであった。

（国東訳、前掲書）

それが、魚ではなく、蛇だったのだが、二つのよく似た行為が、並べて描かれている。しかし、それだけではない。「羅生門」には、この二つの行為とよく似た行為が、さらにもう一つ描かれている。それは、冒頭部分、洛中という世界のさびれ方を記した部分にさりげなく、しかし周到に配置されていた。

そこで洛中のさびれ方は一通りではない。旧記によると、仏像や仏具を打ち砕いて、その丹がついたり、金銀の箔がついたりした木を、路ばたにつみ重ねて、薪の料に売つてゐたと云ふことである。

森の中へ入って枝を拾い集めてくるのではなく、荒れ寺に忍び込んで、残された仏像や仏具を盗み、打ち砕いて薪として売る。この行為も、仏像を打ち砕くというタブーにふれる行為であり、不当な手段で手に入れたものを正当なものとして売るという偽りがある。「旧記によると」とことわりがあるが、典拠は「方丈記」である。よく似た三つ目の行為も、わざわざ古典の中から拾い出されたものであり、洛中の荒廃が、経済的な荒廃だけではなく、モラルの荒廃でもあったことを示している。

これほどまでに類似した行為を三つも配置していることは、明らかに意図的である。したがって、この三つの行為の共通性をふまえなければ、老婆という存在の持つ意味は解明できない。

洛中という世界

三つの行為を並べて見たとき、三つ目の行為が、冒頭部分で、洛中の世界の典型的な行為として語られていたことが大きな意味を持ってくる。老婆にしても鬼や魔物ではなく、平凡な人間であり、死人の女も太刀帯の陣で商売をする洛中の住人である。つまり、これらの行為はすべて洛中の世界に住む人々の行為である。そして、そのことを裏返して見れば、洛中がどのような世界なのかが明らかになる。つまり、洛中という日常の生の世界は、これらの偽りに満ちた世界である。見せかけだけの正当性を装い、その内実は悪であり、エゴイズムであるというような行為の横行する世界である。

老婆という存在は、下人が対決する相手にとどまらない。死人の女や、冒頭の行為と結びついて、洛中という、羅生門の外に広がる世界の意味を明らかにする存在でもある。老婆と下人の二人の対決にだけ注目して読んでいたのでは、この作品の持つ意味は発見できない。老婆は洛中の世界とむすびついていく存在なのである。冒頭に、羅生門という空間だけではなく、外の洛中という世界を造形した理由が、ここで納得できる。

蛇を干し魚と偽って売っていた女の物語については、「今昔物語集」の典拠では続きがある。ある日、太刀帯たちは北野に狩りに行くが、そこでこの女を見かける。彼らは、女の持っていた籠の中に、蛇を切り刻んだものが入っているのを発見し、女の悪事は露見する。しかし、「羅生門」においては、この女は疫病にかかって死ななかったら、今でも商売を続けていただろうと、老婆が言う。芥川は、典拠に改変を加え、女の行為を露見することもなく、死ぬまで続くものに変える。そのことで、洛中は、このような偽りが罰せられることもなく、露見することもなく続けられていく世界になる。

「羅生門」は、下人の「勇気」の獲得を描きながら、同時に、洛中という日常の生の世界の実態を暴き出している。洛中の世界の意味を、合理的ではない下人がはっきりと認識したとはいえない。しかし、下人の憎悪や侮蔑は、結果的に、偽りに満ちた日常の世界への憎悪であり、侮蔑であることになってくる。

下人の意味

下人の強盗という行為は、三つの行為とは明らかに違っている。下人の行為も悪であり、自分が生きるためのエゴイズムであることに変わりはない。欲しいものを力づくで奪い去る下人の行為は、罪としてはより重いともいえる。しかし、それは、自分のありのままの欲求や感情の行使であり、秩序へのあからさまな反逆であって、日常の生の世界につつみこまれるような行為ではない。下人に偽りはなく、彼はみずからの悪を、見せかけだけ正当化しようとはしないだろう。つまり、「羅生門」には、二種類の悪ないしエゴイズムが描かれているのである。

　下人は、自分の欲求や感情をありのままに実行するエゴイストである。そのことは、下人の行動をひきおこす「勇気」が感情の力であったことと合致する。そして、老婆たちの見せかけだけの正当性を装う悪と、下人のありのままの力の悪は、むしろ対照的な行為である。だから、下人が強盗になるとき、それは、偽りに満たされた日常の生の世界に対する反定立《アンチテーゼ》となりうる。

> 下人は、剝ぎとつた檜皮色の着物をわきにかゝへて、またゝく間に急な梯子を夜の底へかけ下りた。
> 　暫《しばらく》、死んだやうに倒れてゐた老婆が屍骸の中から、その裸の体を起したのは、それから間もなくの事である。老婆は、つぶやくやうな、うめくやうな声を立てながら、まだ燃えてゐる火の光をたよりに、梯子の口まで、這つて行つた。さうして、そこから、短い白髪を倒《さかさま》にして、門の下を覗きこんだ。外には、唯、黒洞々《こくとうとう》たる夜があるばかりである。
> 　下人は、既に、雨を冒して、京都の町へ強盗を働きに急ぎつゝあつた。

　右の引用は、この作品が最初に発表されたときの形である。ここには、下人の強さと老婆の弱さが対照的に描かれている。二人は、同じく「黒洞々たる夜」の中にある悪であることに変わりはない。にもかかわらず、ここでは、下人が老婆をけり倒して走り去ることが、ある種の爽快感を持って描かれていると見ることができる。この末尾文においては、作者は、下人に加担し、下人の力によって、偽りに満ちた世界が打ち砕かれることを期待しているかのようである。

くり返せば、「羅生門」という作品は、下人が、これからの生き方を決定するまでの姿を語ることで、偽りという形をとる悪とあからさまな悪という、二つの異なる悪ないしエゴイズムを描いている。そして、洛中という日常の生の世界が、偽りに満たされた世界であることを明らかにしている。洛中から放逐された下人は、老婆との対決の中で、憎悪や侮蔑という「勇気」を得て、強盗として洛中へ帰っていく。その下人の行為は、計算された構図の中で、日常の生の世界へのあらがいになっていくとまとめられる。それが、この作品の持つ意味である。

4　テーマに隠された問題意識

芥川の失恋事件

作品の文章と表現に即して「羅生門」を読み、その意味を探った。その結論のあとでなら、作品の意味と当時の芥川の考えとの比較を試みてもよいだろう。このように読める作品に、当時の芥川の思いは反映されているのだろうかと問うてみたい。つまり、「仙人」以来の、生きる苦しみを不当なものと考え、それに反抗する心情は芥川の心情であったのかどうか。そして、「羅生門」の二つの異なる種類の悪やエゴイズムという考え方は芥川の考え方でもあったのかどうか。それらの点について確かめてみたい。

当時の芥川の書簡（『芥川龍之介全集』第一七巻収録、一九九七・三、岩波書店）を読んでいくと、先に吉田精一の指摘していた失恋が、彼に大きな打撃を与えている様子が知られる。失恋は、「羅生門」の書かれた年（大正四年）のはじめごろに起こったものと推定されるが、芥川が親友である井川（恒藤）恭に送った書簡の中にあらましが記されている。

ある女を昔から知つてゐた　その女がある男と約婚をした　僕はその時になつてはじめて僕がその女を愛してゐる事を知つた　しかし僕はその約婚した相手がどんな人だかまるで知らなかつた　それからその女の僕に対する感情もある程度の推測以上に何事も知らなかつた　その内にそれらの事が少しづゝ知れて来た　最後にその約婚も極《ご》大《く》体の話が運んだのにすぎない事を知つた

僕は求婚しやうと思つた　そしてその意志を女に問ふ為にある所で会ふ約束をした（中略）しかし手紙だけからでも僕の決心を促すだけの力は与へられた

家のものにその話をもち出した　そして烈しい反対をうけた　伯母が夜通しないた　僕も夜通しないた

あくる朝むづかしい顔をしながら僕が思切ると云つた　それから不愉快な気まづい日が何日も

つゞいた

（一九一五・二・二八、井川恭宛書簡）

芥川は、ある女性への愛を確信し、女性の婚約が進んでいるなかで、求婚の意志を固める。そして、家族に、その意志を表明する。しかし、家族は、それに激しく反対する。対立は解くことができず、芥川は結婚を諦めざるをえなかった。

事実の詳細も調査されてきており、女性の氏名や、前後の事情はわかってきているが、なお、家族が反対した理由は特定されてはいない（関口安義『芥川龍之介とその時代』、一九九九・三、筑摩書房。など）。芥川家は、彼の養家であり、関口は家制度の束縛を強調している。しかし、ここで見ていきたいのは、事実の詳細ではなく、その後に、芥川がどのような心情や考えを持つようになったかということである。

この事件を通して、家族の関係がゆらぐ。日ごろは波風の立たない平穏な関係であったとすれば、それが見せかけであり、奥にある内実が姿を見せたことになる。そのことに彼は驚き、傷つく。

イゴイズムをはなれた愛があるかどうか　イゴイズムのある愛には人と人との間の障壁をわたる事は出来ない　人の上に落ちてくる生存苦の寂莫を癒す事は出来ない　イゴイズムのない愛がないとすれば人の一生程苦しいものはない

周囲は醜い　自己も醜い　そしてそれを目のあたりに見て生きるのは苦しい　しかも人はそのまゝに生きる事を強ひられる　一切を神の仕業とすれば神の仕業は悪むべき嘲弄だ　僕はイゴイズムをはなれた愛の存在を疑ふ（僕自身にも）僕は時々やりきれないと思ふ事がある　何故こんなにして迄も生存をつゞける必要があるのだらうと思ふ事がある（中略）しかし僕にはこのまゝ回避せずにすゝむべく強ひるものがある　そのものは僕に周囲と自己とのすべての醜さを見よと命ずる

（一九一五・三・九、井川恭宛書簡）

芥川が、感情の高まりを抑えられずに記していることばからうかがえるのは、対立の奥に見えてくる一人一人の心の実態である。

対立の中で、強硬に意志を通そうとする自分も、激しく反対してしりぞける家族たちも、おたがいに譲ろうとはせず、理解し合おうとはしない。芥川と家族は、おたがいをへだてる「障壁」に直面する。おたがいの愛情のうちに見えにくく存在していたエゴイズムがむきだしになって、ぶつかりあう。そのとき、芥川は、日ごろの自分と家族の関係の見せかけや偽りに気づいた。つまり、彼自身の日常の生が、見せかけや偽りによって成り立っていたことを発見したといえる。それが、「イゴイズムのある愛」である。その偽りや見せかけの中で生き続けなければならないことに、彼は、不当な苦しみを感じている。

生きる日常のなかに、偽りが潜んでいる。その日常を嫌悪しながらも、なお彼は、周囲と自己とのすべての醜さを見ようともしていた。芥川の中にこのような認識があったとすれば、「羅生門」の意味は、作者自身の考えの反映であったことになる。つまり、洛中という日常の生の世界の実態は、芥川の生きる現実であったといえる。西洋風の短編小説にもりこまれたのは、芥川自身の体験からくる思考であり、作品の持つ独自性は、彼の肉声から生まれていることになる。

二つのエゴイズム

三日後の書簡からは、少し落ちついた声が聞こえる。

僕は霧をひらいて新しいものを見たやうな気がする　しかし不幸にしてその新しい国には醜い物ばかりであつた
僕はその醜い物を祝福する　その醜さの故に僕は僕の持つてゐる、そして人の持つてゐる美しい物を更によく知る事が出来たからである　しかも又僕の持つてゐる　そして人の持つてゐる醜い物を更にまたよく知る事が出来たからである
僕はありのまゝに大きくなりたい　ありのまゝに強くなりたい　僕を苦しませるヴアニチーと性欲とイゴイズムとを僕のヂヤスチファイし得べきものに向上させたい

（一九一五・三・一二、井川恭宛書簡）

見せかけの奥に発見した、見えにくいエゴイズムを彼は憎悪する。しかし、なお、彼は、エゴイズムのすべてを否定していたわけではない。一方で、ありのままの大きさや強さを求め、自分のエゴイズムを正当なものに向上させようともしている。同じ書簡には、「人間らしい火をもやす事がなくては猶たまらない　たゞあく迄もＨＵＭＡＮな大きさを持ちたい」とも記している。エゴイズムは、自分のありのままの強さや大きさとして、いいかえれば、自分の生きる核となるものとして求められてもいる。それをアイデンティティと呼んでおこう。当時の芥川において、エゴイズムは一義的なものではなかった。つまり、エゴイズムは一律に悪と考えられていたわけではなく、単に善悪の問題として考えられていたわけでもない。

もう一人の親友、山本喜誉司には、次のように書き送っている。

> 私は随分苦しい目にあつて来ました　又現にあひつゝあります　如何に血族の関族《ママ》が稀薄なものであるか　如何にイゴイズムを離れた愛が存在しないか　如何に相互の理解が不可能であるか　如何に「真」を見る事の苦しいか　さうして又如何に「真」を他人に見せしめんとする事が悲劇を齎《（もたら）》すか――かう云ふ事は皆この短い時の間にまざ〳〵と私の心に刻まれてしまひました　言語はあらゆる実感をも平凡化するものです　かうならべて書いた各々の事も文字の上では何度となく私が出合つた事のある思想です　しかし何時でもそれは単に所謂「思想」として何の痕跡も与へずに私の心の上を滑つて行つてしまひました　私は多くの大いなる先輩が私よ

りも幾十倍の苦痛を経て捉へ得た熾烈なこれらの実感を軽々に看過したことを呪ひます
（一九一五・四・二三、山本喜誉司宛書簡）

人間の持つエゴイズムの醜さも、見えにくいエゴイズムが与える苦しみも、傷つけられる者の痛みも、すべてがこれまで読んできた文学作品に書かれていたことである。理解し合うことの難しさも、やさしさの少なさも、頭では理解していた。それにもかかわらず、多くの本に教えられたものが、他人の思想ではなく、自分の生きる現実なのだといまさらに気づく愚かさに、彼はほぞをかむ思いだったのだろう。（なお、つけ加えておかなければならないのは、エゴイズムも個人主義も、概念としては西洋から輸入されたものであることである。この時代の日本において、エゴイズムや個人主義がどのように理解されていたかをより正確に知るためには、別の機会を用意しなければならない。）

井川恭も山本喜誉司も芥川の親友であったから、右に見てきた書簡に、芥川の心情や考えが率直に語られていると見ることは可能だろう。だとすれば、「仙人」以来の反抗的な心もちは彼自身の心情の反映であったことになる。また、「羅生門」から読み取った、偽りを持つ日常の生の世界への嫌悪も、さらに、二種類の悪ないしエゴイズムという考え方も、当時の芥川の考え方に近いことになる。つまり、老婆の意味も、下人の意味も、洛中の意味も、このときの芥川の考えから生まれたものといえる。ただ、下人の強盗という行為は、ありのままのエゴイズムではあっても、芥川が記した「向上させたい」という思いにはあてはまらない。下人の造形は、芥川のめざす「HUMANな大きさ」とはへだたっている。にもかかわらず、下人に日常の生の世界にあらがう力を与えたのは、原話の展開にしたがったからでもあるが、そういう日常への反抗が、彼の心の中で性急な実現を求めていたからでもあると考えられる。

コラム8 井川（恒藤）恭・山本喜誉司と芥川

井川恭（一八八八〜一九六七年）は、一高時代に芥川がもっとも親しかった友人。成績は抜群であったが、一九一三（大正二）年の卒業後、実家のある松江に近い京都帝国大学に進学する。後、恒藤と改姓。芥川との親交はその後も長く続く。一九一五（大正四）年に、芥川は、松江を訪れており、そのときに書かれた「松江印象記」（『松江新報』一九一五・八）がある。また、後の芥川には、「恒藤恭氏」（『改造』一九二二・一〇）というエッセイがある。

一方、恒藤には、『旧友芥川龍之介』（一九四九・八、朝日新聞社）ほか、芥川にかかわるエッセイが多数ある。恒藤は、卒業後、法学者としての道を進み、京都帝国大学教授、大阪市立大学学長等を務めた。社会科学全般にわたり、積極的に発言し、多くの足跡を残した。

山本喜誉司（一八九二～一九六三年）は、東京府立第三中学校時代の芥川の親友。芥川家とも近く、家族間の交流もあった。芥川は、一九一八年二月に塚本文（一九〇〇～一九六八年）と結婚するが、彼女は、喜誉司の姉の子（姪）にあたる。喜誉司は、東京帝国大学農学部を卒業後、実業界に入る。のちにブラジルに渡り、日系人社会で活躍した。

問題意識のゆくえ

以上のように、「仙人」と「羅生門」は、当時の芥川の心情や考えと結びつくと思われるが、書簡というものは書き手と受け手の個人的な関係の中に成り立つ。それは、作品のように不特定多数の読者に向けて発信されたものではない。いい方をかえれば、友人のやさしさに期待して発せられることばと、一つの独立した世界を形作ろうとすることばとは同じではない。したがって、書簡から芥川の思考が読み取れたとしても、それを作品と比較することには限界がある。もし、当時の芥川の問題意識をよりよく捉えうる方法があるとすれば、この問題が、「羅生門」の後に書かれていく作品にも継続しているかどうかを見ることだろう。その試みを、本書の後半の課題としたい。

「あの頃の自分の事」（『中央公論』一九一九・一）という自伝的な作品において、芥川は次のように書いている。

当時書いた小説は、「羅生門」と「鼻」との二つだつた。自分は半年ばかり前から悪くこだはつた恋愛問題の影響で、独りになると気が沈んだから、その反対になる可《べ》く現状と懸け離れた、なる可く愉快な小説が書きたかつた。そこでとりあへず先《まづ》、今昔物語から材料を取つて、この二つの短篇を書いた。書いたと云つても発表したのは「羅生門」だけで、「鼻」の方はまだ中途で止つたきり、暫くは片がつかなかつた。（中略）そこへ幸《さいわい》「新思潮」再興の相談が持ち上つたものだから、多少勇気を得て「鼻」を書き出した。（中略）自分は書いてしまふと、（中略）ひどい気疲れと一しよに、何とも云へないはかない心もちがした。愉快なる可き小説が、一向愉快とも何とも思はれなかつた。

これも自伝的とはいっても小説であり、虚構が含まれている。また、雑誌には発表されたこの章（第二章）は、第四短編集『影燈籠』（一九二〇・一、春陽堂）に収録する際に削除されている。したがって、この記述も参考にはなるとしても、すべてが事実であるとは見なしがたい。

本書では、作品に対して先入観を持って接することには慎重でありたい。したがって、まず独立した作品として、「鼻」と「芋粥」を読み、また「偸盗」を読んでいきたい。作品の文章と表現に即して妥当な読みを求め、作品のテーマを捉え、その上で、芥川の作った作品の意味を考えていきたい。

なお、これらの作品については、表現技巧の問題や典拠の問題にも必要に応じてふれておきたいが、見きわめておきたいのはおもに三つのことである。

一つ目は、作品のテーマの問題であり、次の第五章で述べる。「羅生門」は、日常の生の世界の実体を暴き、偽りという形をとる悪とあからさまな悪との二つの異なるエゴイズムを描いているとまとめた。この問題意識が、次作以降にも引きつがれていくかどうかである。引きつがれていくとすれば、当時の芥川の問題意識が作品に反映され続けることになるが、それがどのように継続していくのかも問題である。変化が認められるかもしれない。

二つ目は、作品の創作方法についての追求であり、第六章で述べる。芥川が、なぜ、「今昔物語集」というような粗野な素材を多用したのかについて、先に一つの見通しを述べた。それに加えて、「羅生門」「鼻」「芋粥」という三つの作品に共通の創作方法が用いられていることを明らかにしておきたい。そこに見出される方法的な共通性によって、「今昔物語集」に取材した初期作品の特徴がさらに明確になると思われるからである。

三つ目は、「羅生門」を受けつぐ作品といわれる「偸盗」を見ておくことである。第七章がこれにあたる。「羅生門」の問題意識が、強盗の一団を描いたこの作品の中でどのように展開していくのか、それを見きわめておきたいと思う。

第五章　引きつがれていくエゴイズムの問題
――「鼻」「芋粥」

1　「鼻」に表れた見えにくいエゴイズム

第四次『新思潮』の創刊と漱石の評価

作品を読む前に、「鼻」「芋粥」のころの芥川の動向を簡単に見ておきたい。

一九一五（大正四）年一一月、『帝国文学』に「羅生門」を発表したものの、注目されず、読んでくれた友人からも好評は得られなかった。その月、芥川と久米正雄は、友人林原耕三の紹介で、夏目漱石の木曜会に出席する。そこで、漱石に強く惹かれた二人は、漱石を第一の読者として、同人雑誌の再開を計画する。芥川龍之介・久米正雄・菊池寛・松岡譲・成瀬正一を同人として発刊されたのが第四次『新思潮』（一九一六・二〜一九一七・三、全十一号）である。その創刊号（奥付の発行日付は一九一六年二月一五日）に、芥川は「鼻」を発表する。

雑誌を贈られた漱石は、早速に読んで、芥川に、感想を書き送る。

拝啓新思潮のあなたのものと久米君のものと成瀬君のものを読んで見ましたあなたのものは大変面白いと思ひます落着《おちつき》があつて巫山戯《ふざけ》てゐなくつて自然其儘《そのまま》の可笑味《おかしみ》がおつとり出てゐる所に上品な趣がありますそれから材料が非常に新らしいのが眼につきます文章が要領を得て能く整つてゐます敬服しました、あゝいふものを是から二三十並べて御覧なさい文壇で類のない作家になれます

（夏目漱石、一九一六・二・一九、芥川宛書簡）

ほかならぬ漱石が、同人雑誌を受け取って早々に読み、「鼻」に対して「敬服しました」とまでほめる。その手紙を、芥川は興奮して受け取ったことだろう。相手が漱石だったからこそ、芥川の短編小説は理解され、高い評価を得たともいえる。

そして、漱石は、弟子である鈴木三重吉に彼を推薦し、当時三重吉が編集していた『新小説』（春陽堂）からの執筆依頼を芥川は受けることになる。同年九月号の『新小説』に発表されるのが「芋粥」である。また、当時の雑誌において、もっとも著名な作家たちの作品が並び、もっとも読者数の多い発表場所は、『中央公論』の文芸欄であった。その編集者の滝田樗陰も漱石のもとに出入りしていたことから、執筆が依頼され、一〇月発行の『中央公論』に、芥川は「手巾《はんけち》」を発表して、文

壇に進出していく。その間、第四次『新思潮』には、「孤独地獄」、「父」、「酒虫」、「仙人」、「猿」、「煙草と悪魔」(初出時の標題は「煙草」)、「MENSURA ZOILI」など、ほとんど毎号、短編小説あるいは小品を発表していく。

こうして、漱石の後押しによって、芥川は、一年間で新進作家と認められることになる。近代の文学史を見渡しても、ほとんど類のない最速のデビューである。

一九一六年七月、芥川は、東京帝国大学英文科を卒業。一二月には、横須賀の海軍機関学校の英語教師となり、定職をもちながら執筆活動に努めることになる。まだ、創作活動だけで生活していける作家はほとんどいない時代である。そんな中で、翌年の一月には、『新潮』に「尾形了斎覚え書」を、また、『文章世界』に「運」を発表しているように、彼は、文芸雑誌の常連となっていく。

一方、漱石は、一九一六年の五月に「明暗」の連載をはじめる。そして、一二月九日、「明暗」を完成させることなく、亡くなっている。もし、芥川が漱石と出会う時期が遅れていたなら、芥川という作家は誕生していなかったかもしれない。芥川の側から見れば、漱石は、最後の一年間に、彼を見出し、文壇に押し出したことになる。

芥川は、翌年五月に、右に挙げてきた作品などを収めた、第一短編集『羅生門』(阿蘭陀書房)を刊行するが、本の扉の後に、「夏目漱石先生の霊前に献ず」と記した一枚をはさみこんで、漱石への謝意を示している。そして、第四次『新思潮』も、この年の三月、「漱石先生追慕号」と題する特別号を発行して廃刊している。

コラム9 「鼻」のあらすじ

池の尾の寺に、禅智内供という鼻の長い高僧がいた。異様な長い鼻は不便で、飯を食うときにも、弟子の僧に鼻を持ち上げてもらわないと食べられない。内供は、表面では、そんな鼻を気にしていないふりをしてはいたが、内心では始終苦に病み、周囲の目を気にして、自尊心を傷つけられていた。彼は、鼻を短くしよう、また短く見せようとして、思いつく限りの努力するが成功しない。

ところが、あるとき、一人の弟子の僧が、鼻を短くする法を、京にいる震旦（中国）の医師から教わって帰ってくる。その法を行ってみると、鼻は、普通の鍵鼻《かぎばな》のように短くなった。長年の念願がかない、内供は、「かうなれば、もう誰も哂《わら》ふものはないのにちがひない」と思う。

しかし、意外にも、周囲の人々は短くなった鼻を、以前よりつけつけと哂う。内供には、その理由がわからず、機嫌が悪くなり、周囲の人々との関係も悪化していく。彼は、鼻が短くなったことがかえって恨めしくなってくる。内供には、周囲の人々が哂う理由がわからなかったが、作者は、そこに「傍観者の利己主義」を指摘する。

ある朝、起きてみると、鼻は以前の長い鼻に戻っていた。そこで、内供は、はればれとした気持ちになり、「かうなれば、もう誰も哂ふものはないにちがひない」と心の中でつぶやく。そこで作品は閉じられている。

冒頭部分での設定

それでは、「鼻」を読んでいきたい。

まず、その冒頭部分は、「羅生門」の冒頭部分とは大きく異なっている。

禅智内供の鼻と云へば、池の尾で知らない者はない。長さは五六寸あつて、上唇の上から顋《あご》の下まで下つてゐる。形は元も先も同じやうに太い。云はゞ細長い腸詰めのやうな物が、ぶらりと顔のまん中からぶら下つてゐるのである。

作品は、いきなり長い鼻のクローズアップからはじまる。一文の中に、その長い鼻の持ち主である禅智内供という主人公と、「池の尾」という土地の人々が登場しているが、「羅生門」のような空間と世界の造形を一つ一つ積み上げていく文章とは、印象が大きく異なる。読者に、まず長い鼻のイメージを強く植えつける斬新な表現とも受けとれるが、それだけではない。この長い鼻こそが作品の展開の鍵となるものだからである。つまり、この長い鼻と、鼻の持ち主と、周囲の人々を準備すれば、作品を形作るものは出そろっている。そう考えれば、冒頭の表現が、計算された、密度の高いものであることは、「羅生門」の場合と変わりはない。

続いて、主人公の人物像が語られていく。

五十歳を越えた内供は、沙弥《しゃみ》の昔から内道場供奉の職に陞《のぼ》つた今日まで、内心では始終この鼻を苦に病んで来た。勿論表面では、今でもさほど気にならないやうな顔をしてすましてゐる。これは専念に当来の浄土を渇仰すべき僧侶の身で、鼻を心配するのが悪いと思つたからばかりではない。それより寧、自分で鼻を気にしてゐると云ふ事を、人に知られるのが嫌だつたからである。

高僧としての地位や、これまでの経歴については、最小限の紹介にとどめて、主人公は、もっぱら長い鼻を苦に病んできた人物として造形されている。しかも、内供は、他人に対しては、長い鼻など気にならない風を装っていた。その理由は、来るべき浄土への祈りに専念すべきだというような僧侶としての自覚からくるものではなく、周囲の人々の目を気にしていたからであると、作者は語る。

内供が鼻を持てあました理由は二つある。――一つは実際的に、鼻の長いのが不便だつたからである。第一飯を食ふ時にも独りでは食へない。独りで食へば、鼻の先が鋺《かなまり》の中の飯へとゞいてしまふ。そこで内供は弟子の一人を膳の向うへ坐らせて、飯を食ふ間中、広さ一寸長さ二尺ばかりの板で、鼻を持上げてゐて貰ふ事にした。（中略）けれどもこれは内供にとつて、決して鼻を苦に病んだ重《おも》な理由ではない。内供は実にこの鼻によつて傷つけられる自尊心の為に苦しんだのである。

「鼻を持てあました理由は二つある」としながらも、実際的な不便などとは比較にならないほど、長い鼻によって傷つけられる自尊心に苦しんでいたと語られる。一連の文章の向かう場所は一つであり、その意味では主人公の紹介というより、むしろ、この作品に必要のない要素を主人公から排除していく文章ともいえる。主人公の造形は、長い鼻を晒《わら》われて、自尊心が傷ついている人物という一点に絞り込まれている。僧侶としての自覚も、実際的な不便も、この短編小説には不必要である。ただ、長い鼻と周囲の人々のまなざしと、その間に生まれる心情だけが問われている。

内供の周囲の人々の造形

一方、内供をとり巻いている池の尾の人々は、この長い鼻の持ち主を見くだすようにして、勝手な批評を言い合う人々として造形されている。

池の尾の町の者は、かう云ふ鼻をしてゐる禅智内供の為に、内供の俗でない事を仕合せだと云つた。あの鼻では誰も妻になる女があるまいと思つたからである。中には又、あの鼻だから出家したのだらうと批評する者さへあつた。

周囲の人々には、高い位についている内供への敬意や、内供の心中への配慮は描かれてはいない。内供に僧侶としての面が描かれなかったように、周囲の人々の内供への対応も一面的である。作者が描く周囲の人々は、内供の心情などはおかまいなしに、長い鼻を哂う姿に絞り込まれている。

主人公の造形も、周囲の人々の造形も、ただ一点を強調したものであり、人物としての全体像などは語られない。それが、短編小説の様式であった。

内供は、傷つけられる自尊心を回復させようと、あらゆる努力をする。長い鼻を短く見せようとして苦心し、自分と同じような長い鼻の持ち主を探し、鼻の短くなる方法を試みる。しかし、すべての努力は失敗に終わる。

短くなった鼻

ところが、或年の秋、京へ上った弟子の僧が、長い鼻を短くする医法を教わって帰ってくる。「その法と云ふのは、唯、湯で鼻を茹《ゆ》でゝ、その鼻を人に踏ませると云ふ、極めて簡単なものであつた」。そして、この治療は成功する。

鼻は――あの顋の下まで下つてゐた鼻は、殆《ほとんど》嘘のやうに萎縮して、今は僅に上唇の上で意気地なく残喘《ざんぜん》を保つてゐる。（中略）かうなれば、もう誰も哂ふものはないのにちがひない。――鏡の中にある内供の顔は、鏡の外にある内供の顔を見て、満足さうに眼をしばたゝいた。

これでもう、長い鼻を哂われ、自尊心を傷つけられることはなくなった。内供は、長年の苦しみからの解放を感じて、のびのびした気分になる。

しかし、この予想はまったくはずれてしまう。池の尾の寺を訪れた侍は、前よりも一層おかしそうに内供の鼻を見る。中童子や下法師も、直接向かい合っているときは哂いをこらえているが、内供が背を向ければすぐに哂い出す。

なぜ、もう哂われるはずのない普通の鼻が哂われるのか。その理由がわからず、内供はふさぎこんでしまう。内供には、「前にはあのやうにつけつけとは哂はなんだて」という不快な感触があるだけで、人々の哂う理由がわからなかった。「この問に答を与へる明が欠けてゐた」内供に代わって、作者が「答」を説明する。

人間の心には互に矛盾した二つの感情がある。勿論、誰でも他人の不幸に同情しない者はない。所がその人がその不幸を、どうにかして切りぬける事が出来ると、今度はこつちで何となく物足りないやうな心もちがする。少し誇張して云へば、もう一度その人を、同じ不幸に陥れて見たいやうな気にさへなる。さうして何時の間にか、消極的ではあるが、或敵意をその人に対して抱くやうな事になる。——内供が、理由を知らないながらも、何となく不快に思つたのは、池の尾の僧俗の態度に、この傍観者の利己主義をそれとなく感づいたからに外ならない。

作者は、「人間の心には互に矛盾した二つの感情がある」と言う。しかし、他人の不幸に対する同情と、幸福になった人間に対する敵意は、一対《いっつい》の感情ではなく、同時に生ずるものでもない。だから、この二つを「互に矛盾した二つの感情」とはいえない。現に、周囲の人々に、内供の長い鼻への同情が描かれていたわけではなかった。右の文章の意味を理解するためには、もう少し考えてみる必要がある。

傍観者の利己主義

それでは、人が他人の不幸に対して同情を感じるとき、同時に感じてしまう矛盾した感情とは何だろうか。それは、優越感であり、より強くいえば軽蔑だと考えられる。不幸な他人の姿を見て、同情しながらも、同時に優越感を持ってしまうと説明すれば、「人間の心には互に矛盾した二つの感情がある」ということばが生きてくる。

また、幸福になった人に対しては、人は、ともに喜び、祝福するものだろう。しかし、祝福する気持ちはあるものの、心の底では、幸福になった相手に羨望や嫉妬を感じてしまう。そう説明すれば、「人間の心には互に矛盾した二つの感情がある」ということばがやはり生きてくる。

　芥川の言う「互に矛盾した二つの感情」とは、いわば表向きの感情と心の内に潜む感情である。想像してみてほしい。不幸な人に対して、われわれは、たとえかすかでも、優越感を持たないだろうか。幸福な人に対して、羨望や嫉妬を感じないだろうか。表向きの感情とはあい反する、奥に潜む見えにくい感情を、芥川は「傍観者の利己主義」と呼んでいる。かりに図で示せば、左のようになるだろう。

相手	表向きの感情	内に潜む感情「傍観者の利己主義」
不幸な人	同情	優越感・軽蔑
不幸を切りぬけた人 幸福な人	祝福	羨望・嫉妬 消極的な敵意

　人は、通常、相手に対して、同情や祝福だけを見せ、優越感や嫉妬は見せない。というより、当人自身が、自分の同情の裏に優越感が潜んでいることに気づかない場合もある。羨望や嫉妬の場合も同じである。それらは弱くあいまいな、見えにくい感情である。そんな弱い感情を作者が問題にするのは、なぜなのか。それは、当人が自分の感情に気づこうと気づくまいと、その感情が相手に伝わったとき、相手を傷けるからである。そうして、このような感情は意外に相手に伝わりやすい。

芥川は、鼻が短くなったときの内供に対する周囲の人々の哂いを、その消極的な敵意として捉えた。逆に言い直して、消極的な敵意を、哂いという行為で表現したという方がわかりやすいだろう。見えにくい感情を形にするために、哂いを用いたともいえる。

さらにいえば、作者の「答」の意味と、作者の作った形の間に、若干のずれが生じているとも考えられる。というのは、周囲の人々の中に、不幸を切りぬけた内供に対する嫉妬が潜んでいたとしても、実際には、哂うという反応は見せないかもしれないからである。ただ、とまどうだけで、内供に不快感を覚えさせるところまではいかないかもしれない。哂うという行為は、消極的な敵意を誇張しすぎた表現になっているとも考えられる。しかし、傍観者の利己主義ということばで主張されていることの意味は理解できる。それは、人間というものが、表向きのプラスの感情の奥で、潜在的に相手へのマイナスの感情も持ってしまうものだということである。そのことは、人間の心への洞察としてまちがってはいないだろう。

内供は、敵意のようなものを向けられているという不快だけを感じる。理由がわからないから、周囲の人々の心が見えなくなり、一人だけ闇にとり囲まれたように感じる。

そこで内供は日毎《ひごと》に機嫌が悪くなつた。二言目には、誰でも意地悪く叱りつける。しまひには鼻の療治をしたあの弟子の僧でさへ、「内供は法慳貪《ほうけんどん》の罪を受けられるぞ」と陰口をきく程になつた。殊に内供を忿《おこ》らせたのは、例の悪戯《いたずら》な中童子である。或日、けたたましく犬の吠える声がするので、内供が何気なく外へ出てみると、中童子は、二尺ばかりの木の片《きれ》をふりまはして、毛の長い、痩せた尨犬《むくいぬ》を逐《お》ひまはしてゐる。それも唯、逐ひまはしてゐるのではない。「鼻を打たれまい。それ、鼻を打たれまい」と囃《はや》しながら逐ひまはしてゐるのである。内供は、中童子の手からその木の片をひつたくつて、したゝかその顔を打つた。木の片は以前の鼻持上《はなもた》げの木だつたのである。

　内供はなまじひに、鼻の短くなつたのが、反て恨めしくなつた。


傷ついた内供の行動は、位が高いことで、他人に対する抑圧となり、今度は周囲の人々を不快にさせていく。そのようにして、内供と周囲との関係は悪化していく。

　この傍観者の利己主義について、もう少し別の説明の仕方をしてみよう。

　利己主義とは、本来、他人の利害を無視して、自分だけの利益を追求することである。例えば、一つのものを得ようとして争うにしても、他人のものを奪おうとするにしても、それは当事者間の対立である。相手も自分も、ともに傍観者ではあり得ず、当事者の位置に立つ。相手からあからさまに軽蔑されたり、激しく嫉妬される場合も、両者は対立する当事者である。したがって、傍観者の利己主義ということばは実は不合理であり、ことばとして矛盾している。

　作者の言うような利己主義、つまり軽蔑や嫉妬を相手に対して抱きつつ、なお傍観者の位置にいるとは、どのような状態なのだろうか。例えば、一人の人間に対して、周囲の多数の人間が無意味に無視してみたり、理由のない哂いやうわさ話をこそこそとやりとりしてみせたりする場合が考えられる。周囲の多数の人間は、敵対する意志を明らかには見せず、遠巻きにして傍観者としての位置から出てこようとはしない。軽蔑や嫉妬が弱くあいまいであることで、逆に、標的にされた人間は、周囲の人々の心を見失って、闇の中に立たされたように孤独に陥り、他人が信じられなくなってしまう。それは、一種のいじめの状態に似ているともいえる。

右の文章において、いたずらな中童子は、遠巻きにからかう位置をはみ出して、内供と向かい合ってしまう。そうなれば、「消極的な敵意」は、目に見える敵意に変わる。内供の怒りは当然であり、むしろ不快感のはけ口を見出したとも読める。

相手が明らかな敵意を見せれば、自分も身がまえ、同じ敵意で対抗することができる。しかし、理由もなく、明らかな形もなく向けられる消極的な敵意に、人は対応を見失って傷つく。あからさまな敵意より、見えにくい敵意のほうが始末に負えない。

芥川が「傍観者の利己主義」として提起している問題は、一人の人間を多数の人間がとり囲むときに生じる、現代にも通じる深刻な問題である。

戻ってくる長い鼻

そんなとき、あの長い鼻が戻ってくる。

内供は慌《あは》て、鼻へ手をやつた。手にさはるものは、昨夜《ゆふべ》の短い鼻ではない。上唇の上から顋の下まで、五六寸あまりもぶら下つてゐる、昔の長い鼻である。内供は鼻が一夜の中に、又元の通り長くなつたのを知つた。さうしてそれと同時に、鼻が短くなつた時と同じやうな、はればれした心もちが、どこからともなく帰つて来るのを感じた。

――かうなれば、もう誰も哂ふものはないにちがひない。

もちろん、内供はまた長くなった鼻を哂われるだろう。しかし、その哂いなら、内供には長年つきあわされてきた哂いである。傍観者の利己主義のような理由の知れない哂いではない。ただ、長い鼻だから哂われる。それを内供は当然のこととして過ごしてきた。だから、内供が、わけのわからない闇からぬけ出せたと、はればれとした気持ちを感じてもおかしくはない。内供にとっては、当面の問題は解決したともいえる。

しかし、一時、周囲が闇になったように感じた記憶が、内供から消えることがなければ、内供はもう二度と鼻を短くしようとしないだろう。そのとき、内供の中にあった、人間としての一つの願望が消えてしまうことになる。そして、その傷は、回復することはない。

作者の目から見れば、傍観者の利己主義は常に存在している。内供をとり巻く状況は、実は最初から何も変わってはいない。冒頭部分に、周囲の人々の優越感と無責任な批評が描かれていたことを思い出してほしい。人々が長い鼻を哂うということ自体に、すでに同様の傍観者の利己主義が存在している。鼻が長かろうと短くなろうと、周囲の人々のうちに潜む感情として、傍観者の利己主義は変わることはない。一人の人間を、多数の傍観者がとり囲むとき、彼らは、無自覚に、無責任に、標的とした一人を傷つける。「鼻」は、そのように、見えにくいエゴイズムが生み出す不当な人間関係に光を当てた作品である。

　では、なぜ、内供は、最初から、つまり長い鼻を嗤われていたときから、それを不当と思わなかったのか。それは、内供が、自分の中にばかり目を向け、問題の解決を自尊心の回復だけに求めていたからである。長い鼻を嗤われても、内供は、周囲の人々に非を見出し、糾弾しようとはしなかった。ひたすら傷ついた自尊心の回復に心を砕いて、周囲の人々のありようを見ようとはしてこなかった。

　「鼻」と、「今昔物語集」の原話を比較してみると、作者が原話に大きな改変を加えていることが知られる。「鼻」の原話は、「今昔物語集」巻第二十八第二十「池尾禅珍内供鼻語」（池の尾の禅珍内供の鼻の語《こと》）であり、「宇治拾遺物語」にも同様の物語が収録されている（巻第二第七「鼻長《ながき》僧《の》事」）。この原話では、鼻の治療は何度も行われ、治療をすると短くなり、しばらくするとまた元に戻って、治療をくり返すことになっている。やはり「校註国文叢書」本によって引用し、現代語訳を付ける。

亦《また》二三日に成ぬれば痒くして皺延《ふくれのび》て、本の如くに腫《ふくれ》て大きに成りぬ、如レ此《かくのごと》くにしつゝ腫たる日員《かず》は多くぞ有ける、

（ところが、二、三日もたつとまたかゆくなり、ふくれ伸びて、もとのようにはれ上がり、大きな鼻になった。こんなことを繰り返していたが、結局はれている日のほうが多かった。

国東訳、前掲書）

原話の内供は、長い鼻と短い鼻とを数日ごとにくり返していた。そのくり返しを、芥川は一回限りのものに変えている。つまり、鼻の治療が成功し、これで自尊心の問題は解決したと内供が信じたとき、内ばかり見ていた目がはじめて外に向かう。そして、内供は、外の人々の不可解な姿に直面することになる。芥川は、原話を改変することで、内供が周囲の人々のあり方に気づく瞬間を作った。そして、そのときの内供を通して、人間の持つ傍観者の利己主義を明らかにしたといえる。

それが、「鼻」という作品を読んできて見出される意味である。

内に潜むエゴイズム

さて、「鼻」は、見せかけの奥に潜むエゴイズムを描いている点において、「羅生門」の老婆の問題につながっている。「羅生門」では、老婆や死人の女が、正当でないものを正当なものと見せかけたように、「鼻」でも、表向きの感情の奥に傍観者の利己主義があるからである。同情の奥にある軽蔑も、祝福の奥にある嫉妬も、見せかけとはうらはらなものであり、偽りという形をとるエゴイズムと共通性を持つ。つまり、下人のような、あからさまなエゴイズムの問題ではなく、老婆のような、見えにくいエゴイズムの問題が、「羅生門」から「鼻」へと引きつがれている。

「羅生門」において、老婆は、いかがわしいものを通常のものと偽り、また、詭弁を弄して自分を正当化しようとした。そして、洛中という日常の生の世界そのものが、見えにくい悪やエゴイズムを潜ませていた。芥川は、形は異なりながら、日常の生の世界に潜在するエゴイズムを見続けていることになる。

それは、芥川が、自分と家族の「イゴイズムのある愛」に気づき、傷つけられた経験にも通じる。見えにくいエゴイズムの潜在に気づき嫌悪した体験が、「鼻」にも反映しているといえる。

しかも、問題意識はただ継続しているだけではない。「鼻」において、芥川は、「人間の心には互に矛盾した二つの感情がある」と、何の条件もつけずに語った。そのとき、見えにくい傍観者の利己主義は、すべての人が持つものとなる。それならば、当人の責任を追及することができる。「羅生門」の老婆や死人の女は、意識的に偽り、意識的に詭弁を弄した。すべての人が持つものとなる。それならば、当人の責任を追及することができる。そのことで事態を改善することもできるだろう。しかし、人が、意識せずに「互に矛盾した二つの感情」を持つとすれば、解決ははるかに困難になる。標的にされた内供は傷つくしかなく、彼が傷つかないようにする方法は見出しにくい。

「鼻」の意義は大きいとしても、このような思考は、人間というものへの不信につながっていく。もう一度、立ちどまって、芥川の思考について考えてみよう。

弟子の僧の「同情」

この作品には、傍観者の利己主義の問題について、なお考えさせられる人物が登場している。それは、内供の長い鼻を治療する弟子の僧である。彼は、内供に対する心からの同情者である。

内供は、いつものやうに、鼻などは気にかけないと云ふ風をして、わざとその法もすぐにやつて見ようとは云はずにゐた。（中略）内心では勿論弟子の僧が、自分を説伏《ときふ》せて、この法を試みさせるのを待つてゐたのである。弟子の僧にも、内供のこの策略がわからない筈はない。しかしそれに対する反感よりは、内供のさう云ふ策略をとる心もちの方が、より強くこの弟子の僧の同情を動かしたのであらう。弟子の僧は、内供の予期通り、口を極めて、この法を試みる事を勧め出した。さうして、内供自身も亦、その予期通り、結局この熱心な勧告に聴従《ちやうじう》する事になつた。

内供の演技は、この弟子の僧に対してはまったく役に立っていない。おそらく、内供の演技など、ほとんど誰に対しても役に立ってはいなかったのだろうが、周囲の人々に目を向けていない内供は、それに気づかなかった。しかも、この弟子の僧は、内供の内心を読み取るだけではなく、愚かな策略をとる内供への反感よりも、内供への同情を優先させて、内供の思惑どおりにふるまう。それほどに、弟子の僧は、内供に対して同情的であり、同時に優位に立っている。この弟子の僧には、内供に対する優越感など一切なかったといえるだろうか。そういう問いが思いうかぶ。
芥川は、原話の展開を用いながら、次のような文章を後続させている。

弟子の僧は、内供が折敷《おしき》の穴から鼻をぬくと、そのまだ湯気の立つてゐる鼻を、両足に力を入れながら、踏みはじめた。内供は横になつて、鼻を床板の上へのばしながら、弟子の僧の足が上下《うへした》に動くのを眼の前に見てゐるのである。弟子の僧は、時々気の毒さうな顔をして、内供の禿げ頭を見下しながら、こんな事を云つた。

内供は、見下ろされ、鼻を踏みつけにされながら、「弟子の僧の足に皹《あかぎれ》のきれてゐるのを眺め」る。それが二人の位置関係である。原話の展開に従ってはいるが、弟子の僧の圧倒的な優越性が強調されている。
芥川の思考からすれば、この弟子の僧の同情の奥にも、自覚するかしないかにかかわらず、優越感や軽蔑は潜んでいるのだろう。そして、そのような人間の心に対する洞察は誤ってはいないだろう。しかし、内供と弟子の僧の一対一の関係において、その自覚さえされないほどの弱い優越感を、強い同情より重く捉えてしまうのは正当だろうか。芥川の思考にしたがえば、この心からの同情者は、軽蔑を隠し持ったエゴイストに姿を変える可能性がある。そう捉えれば、この弟子の僧の心情を見まちがえることになりかねない。

芥川は、人間の心が持つ深刻な問題を指摘した。しかし、多数の人々が一人の人物をとり囲んで傷つける構図と、一人の人間の心の中の問題とを直結させてしまうことは妥当なのだろうか。そう考えてくれば、「鼻」の問題提起は重要であるとしても、なお、内に潜む優越感や軽蔑を、同情より大きな問題として捉える過剰さが感じられる。また、かすかな羨望や嫉妬を、祝福より大きなものとしてとらえる過敏さが感じられる。いいかえれば、人間の心への信頼よりも、人間の心への不信が先行している傾向が感じられる。

したがって、「鼻」は、諸刃《もろは》の剣のような作品である。同情の奥に軽蔑が潜むからといって、また、祝福の奥に嫉妬が潜むからといって、奥に潜むかすかな感情に重点を置いて相手の心情を捉えてしまえば、人間同士の関係において、信頼や愛などというものは成り立たなくなってしまう。二つの感情の軽重を見誤れば、かえって、人間の心理に対するまちがった認識を持つ危険性がある。芥川の理知は、そういう危うさも持っている。

「羅生門」における問題意識を「鼻」は引きつぎつつ、見えにくいエゴイズムの問題を解決困難なものにしている。いいかえれば、芥川の人間に対する認識は暗さを増しているともいえる。その早すぎる深刻化に、芥川の思考の持つ特徴があるといえる。

2　「芋粥」のもととなった二つの典拠

前半部分とその典拠

「芋粥」は、主人公五位の都での生活を描く前半部分と、芋粥を飽きるまで食べてみたいという彼の唯一の願望が実現するまでを描く後半部分とからなる。作中で、舞台は、都から朔北（敦賀）へと移動し、それに伴って、人間関係も、都での周囲の人々との関係から、朔北での利仁たちとの関係に変わる。「羅生門」や「鼻」と異なり、造形される世界も、主人公の人間関係も一つではない。

そして、前半部分にも後半部分にも、それぞれの典拠となった先行作品がある。舞台となっているのは平安朝であるが、前半部分の典拠はゴーゴリの「外套」であり、日本近代文学館の「芥川龍之介文庫」にも、英訳本（Nicholas Gogol, *The mantle and other stories*, London）が所蔵されている。一方、後半部分の典拠は、「今昔物語集」巻第二十六第十七「利仁将軍若時従京敦賀将行五位語」（利仁将軍若き時京より敦賀に五位を将《ゐ》て行く語《こと》）である。時代も舞台もこの話に基づいているので、こちらを原話と呼ぶこととする。

二つの典拠を、前半と後半という形で組み合わせる作り方は、「羅生門」や「鼻」とは異なる。それぞれの典拠と「芋粥」とを比較し、三者の作る関係を見ていくと、そこに芥川らしい作り方がうかび上がってくる。

順に見ていこう。

コラム10

「芋粥」のあらすじ

平安朝の時代、摂政藤原基経に仕えている五位が主人公である。

五位は、風采のあがらない男で、都の周囲の人々からは冷たく扱われていた。下役たちは無視し、上役たちも無意味な悪意で彼に接する。同僚たちは、たちの悪いいたずらをしかけ、彼を翻弄する。そんな周囲の対応を不正と感じないほどに、五位は意気地のない人間であった。ただ、同僚のいたずらがあまりにひどすぎるときにだけ、彼は「いけぬのう、お身《み》たちは。」と抗議にもならない声をあげた。そして、ただ一人、無位の侍だけは、この声を聞いて、五位に「世間の迫害」にべそをかく「人間」を見出した。

しかし、そんな五位にも、一生を貫いているといえるような、ただ一つの願望があった。五位の口には、年に一度入るかどうかという、当時最高の美味とされた芋粥を飽きるほど食べてみたいという願望である。

ある年の正月の宴で、五位は、ふと漏らした願望を、同席していた藤原利仁《としひと》に聞かれてしまう。利仁は、それをかなえてやろうと言い、五位を都から連れ出す。行き先も知らされずに利仁に導かれて、五位は朔北《さくほく》、つまり北の辺境の地である敦賀へと旅をする。利仁は、敦賀に館を持つ武人であり、二日がかりでようやくたどり着いた館で、五位は都にいたときとはまったく違って、手厚い歓待を受ける。しかし、あまりの境遇の変化が五位を不安にし、芋粥を食べることにも疑問を持ちはじめる。

翌朝、用意されたのは、二三千本の山の芋を使った、膨大な量の芋粥であった。五位は、それが料理されるのを見ているうちに、すでに大半の食欲を失ってしまう。朝飯に招かれていくらかは食べたものの、さらに食べるようにすすめられて弱り切ってしまう。そのとき、五位は、ここへ来る前の自分をなつかしくふりかえる。都で、人として扱われない中で、ただ一つの願望を大事に守っていた自分は幸福であったと思い返すのであった。

前半部分の都での五位の生活を描く部分において、くわしく語られるのは、主人公と周囲の人々との関係である。

侍所にゐる連中は、五位に対して、殆ど蝿程の注意も払はない。有位無位《うゐむゐ》、併せて二十人に近い下役《したやく》さへ、彼の出入りには、不思議な位、冷淡を極めてゐる。五位が何か云ひつけても、決して彼等同志の雑談をやめた事はない。彼等にとつては、空気の存在が見えないやうに、五位

> の存在も、眼を遮《さへぎ》らないのであらう。下役でさへさうだとすれば、別当《べつたう》とか、侍所の司《つかさ》とか云ふ上役たちが頭から彼を相手にしないのは、寧ろ自然の数である。彼等は、五位に対すると、殆ど、小供らしい無意味な悪意を、冷然とした表情の後に隠して、何を云ふのでも、手真似だけで用を足した。（中略）それでも、五位は、腹を立てた事がない。彼は、一切の不正を、不正として感じない程、意気地のない、臆病な人間だつたのである。

都での五位の人間関係は、一人の人間を多数の人々がとり巻いて作る不当な関係として、「鼻」の内供と周囲の人々との関係を引きついでいる。芥川の問題意識は継続されているといえる。しかも、周囲の人々の五位への対応は、「傍観者の利己主義」の範囲を越え、「世間の迫害」と呼ばれるまでに悪化している。たとえていえば、隠微ないじめから、あからさまに日常化したいじめへのエスカレートともいえる。周囲の人々は、五位の人間性などまったく考慮せず、悪意や敵意をあらわにする。しかし、五位はそれに抵抗しない。彼は、不当な迫害を不当と思わないほどに、意気地のない、臆病な人間として造形されている。この人間関係においては、もはや、「不正」が正されることは期待できない。

「鼻」では、人間の心への不信が、早すぎると思われるほどに固定化していたが、「芋粥」では、そういう人間の作る集団全体への不信が色濃く表されている。五位の生きる日常の世界では、エゴイズムが見えにくく潜んでいるのではなく、集団が共有する悪意として表面化している。芥川の認識は、いつも悲観的な方向へ、つまり問題を解決不可能なものにしてしまう方向へ急速に進んでいく。

そして、この五位と周囲の人々との関係は、先に述べたように、芥川の独創ではなく、ゴーゴリの「外套」の文章を模倣して書かれている。「外套」の主人公、アカーキイ・アカーキエヴィチと周囲の人々との関係を描いた文章を、日本語訳で引用してみよう。

この官庁では、だれ一人として彼にたいしてどんな敬意もはらう者はいなかった。守衛たちでさえ、彼が前を通りすぎても起立しようとしなかったばかりか、まるで受付のところを、つまらぬ蝿かなんかが、すっと飛びすぎていったとでもいうように、彼を見かけても目もくれないのであった。上役の連中も、なんとなく冷たい、わがままな態度で彼をあしらっていた。ある課長補佐などは、（中略）いきなり、ぬっと彼の鼻先へ書類を突きつけたものである。するとまた彼は、ちらとその書類に目をやるだけで、いったいだれがそれを持ってきたのか、そんなことをする権利がその男にあるのかどうかなどには頓着なしに、それを取りあげる、取りあげると、そこでさっそくそれの浄書にうちこんでいるのであった。

（『ゴーゴリ全集』第三巻、一九七六・九、河出書房新社、横田瑞穂訳）

「芋粥」での五位に対する下役たちの無視、上役たちの横柄が、「外套」の文章の構成をそのまま用いて描かれていることがわかる。そして、次の部分、同僚たちが、五位を翻弄し、見下して批評し合い、たちの悪いいたずらをする様子も、「外套」を模倣して書かれている。同僚たちは、どちらの作品でも、悪意にみちた噂を立て、子供じみたいたずらをくりかえして、あきることがない。

さらに、「芋粥」は次のように続く。

しかし、五位はこれらの揶揄《やゆ》に対して、全然無感覚であつた。少くもわき眼には、無感覚であるらしく思はれた。（中略）唯、同僚の悪戯が、高じすぎて、髷《まげ》に紙切れをくつつけたり、太刀の鞘に草履《ぞうり》を結びつけたりすると、彼は笑ふのか、泣くのか、わからないやうな笑顔をして、「いけぬのう、お身たちは。」と云ふ。その顔を見、その声を聞いた者は、誰でも一時或いぢらしさに打たれてしまふ。（中略）唯その時の心もちを、何時までも持続ける者は甚《はなはだ》少い。

「外套」には次のようにある。

しかし、そういう仕打ちにたいしてアカーキイ・アカーキェヴィチは、ひと言も言葉を返そうとしなかったし、まるで自分の前には、だれ一人いないというふうで、そんなことは、彼の仕事のうえに、どういう作用もあたえなかった。（中略）いたずらがあんまりしつこくなって、腕の下をつついたりなどして仕事の邪魔になるようになると、はじめて彼は『ぼくをそっとしておいてください！　なんだってきみたちはぼくを辱しめるんです？』と、もらすのだが、こう言ってもらすその言葉や声の響きのなかにはなにか異様な力がこもっていた。そこには、人の心にあわれみをもよおさせる一種の調子がただよっていたので、

（横田訳、前掲書）

五位には臆病さが強調されており、アカーキイ・アカーキエヴィチには、むしろ仕事への執着が強調されている点に相違があるが、展開に変わりはない。ちょうど「仙人」において、「上」の部分が、アナトール・フランスの「聖母の軽業師」の文章の構成をそのまま模倣しながら、中国を舞台とする話に改作されていったように、「芋粥」の前半部分は、「外套」の文章の構成をそのまま模倣している。「仙人」の執筆からまだ一年しか経っておらず、ふたたびその手法がとられてもおかしくはないかもしれない。しかし、この間に、芥川が、「羅生門」「鼻」という独自の世界を作ってきたことを考えれば、これは、「仙人」の段階での学習に後退しているということになるのだろうか。

模倣の中での相違点

もう一カ所、後続する文章を比較してみよう。今度は、「外套」の文章を先に挙げる。右の文章に続く部分である。

最近役所へはいってきたばかりの一人の青年のごときも、他人のやるのを真似て、彼をからかってみようとしかかったのだが、（引用者注――その言葉をきくと）突然、まるで突き刺されでもしたかのように、それをやめてしまったほどである。そしてそれからというもの、その青年の目の前の世界は一変して、まるでちがった様相をおびるようになってきた。（中略）心にしみとおるその言葉のなかに、『ぼくだってきみの仲間ですよ』という別の言葉がひびいてきた、それからというものは、このあわれな青年は、思わず顔を覆い、そしてその後自分の生涯のあいだに幾度となく、人間の心のなかには、いかに多くの非人間的なものがひそんでいるか、洗練された、教養のある上流社会のなかには、おお！　世間から上品で尊敬すべき人物と見られているような人においてさえも、どんなに多くのあらあらしい粗暴さがひそんでいるかを見せつけられるたびに、ぞっとするのであった……（同前）

この「外套」の「一人の青年」が、「芋粥」では「無位の侍」になる。

勿論、この男も始めは皆と一しよに、何の理由もなく、赤鼻の五位を軽蔑した。所が、或日何かの折に、「いけぬのう、お身たちは」と云ふ声を聞いてからは、どうしても、それが頭を離れない。それ以来、この男の眼にだけは、五位が全く別人として、映るやうになつた。営養の不足した、血色の悪い、間のぬけた五位の顔にも、世間の迫害にべそを掻いた、「人間」が覗いてゐるからである。この無位の侍には、五位の事を考へる度に、世の中のすべてが、急に、本来の下等さを露《あらは》すやうに思はれた。さうしてそれと同時に霜げた赤鼻と数へる程の口髭とが、何となく一味の慰安を自分の心に伝へてくれるやうに思はれた。

やはり模倣は明らかだが、ここには相違点も認められる。「外套」の青年は、人間の中にある、多くの非人間的なものに気づくが、「芋粥」の無位の侍は、さらにそれを一般化し、世の中の「本来の下等さ」という認識にたどりついている。そして、無位の侍にとっては、世の中からはじき出された五位は、逆に、決して他人を迫害することのない存在として、「一味の慰安」を与えてくれる存在となっている。

「外套」でのゴーゴリの批判は、一人一人の人間のうちに問題の原因を見ている。しかも、とりわけ権力を持つ人間や、世の中で高い評価を得ている人間が批判されており、官庁が舞台になっていることも、そのことと符合している。しかし、芥川の作品では、すでに「鼻」において、すべての人間の持つ傍観者の利己主義が明らかにされていた。そして、「芋粥」では、無位の侍を使って、人間一人一人のあり方を越えて、世の中そのものを「下等」とみなしている。つまり、芥川の描く人間関係は、ゴーゴリの「外套」のそれと似通いながら、不当な迫害についての認識を異にするものであり、より悲観的であるともいえる。それは、いわば、世の中の人々への批判というより、世の中そのものの否定に近いからである。

現に、「芋粥」は、官庁の人間関係だけを描いているのではない。

或る日、五位が三条坊門の神泉苑の方へ行く所で、子供が六七人、路ばたに集つて何《な》にかしてゐるのを見た事がある。「こまつぶり」でも、廻してゐるのかと思つて、後ろから覗いて見ると、何処かから迷つて来た、尨犬《むくいぬ》の首へ繩をつけて、打つたり毆《たゝ》いたりしてゐるのであつた。臆病な五位は、これまで何かに同情を寄せる事があつても、あたりへ気を兼ねて、まだ一度もそれを行為に現はした事がない。が、この時だけは相手が子供だと云ふので、幾分か勇気が出た。（中略）「もう、堪忍《かんにん》してやりなされ。犬も打たれゝば、痛いでのう」と声をかけた。するとその子供はふりかへりながら、上眼《うはめ》を使つて、蔑《さげ》すむやうに、ぢろ〳〵五位の姿を見た。云はゞ侍所の別当が用の通じない時に、この男を見るやうな顔をして、見たのである。「いらぬ世話はやかれたうもない。」その子供は一足下りながら、高慢な唇を反らせて、かう云つた。「何ぢや、この鼻赤めが。」五位は、この語が自分の顔を打つたやうに感じた。

子供たちにいじめられるむく犬は、五位自身の姿でもある。芥川においては、子供たちでさえ「下等さ」をまぬがれていない。このような場面は、「外套」には描かれていない。芥川においては、「世間の迫害」という状況は、どこにでも必ず生ずるものであり、その問題の解決など望めないという強い厭世観が認められる。

当時の西洋文学作品の模倣に対する評価

この相違点は別にしても、芥川の問題意識が、ゴーゴリの「外套」を模倣することで表現されていることについて、どのように考えればよいのだろうか。

先にも触れたが、現代の見方からすれば模倣は否定的に評価されるが、当時の文学状況においては、むしろ肯定的な評価を受けていた。

久米正雄は、後に、芥川が「「芋粥」を書いてるとき、「ゴーゴリの「マントル」（引用者注――「外套」）を傍に置いてたのを僕は知つてる」と語っている。「座談会　菊池久米を囲む文学論」（『文学界』一九三六・九）における発言である。出席者は、菊池寛・久米正雄のほか、川端康成・小林秀雄・林房雄・武田麟太郎・阿部知二・深田久弥・河上徹太郎・島木健作・舟橋聖一・芹沢光治良である。この座談会は、昭和の作家たちが、菊池寛・久米正雄という大正の作家に対して、彼らの時代の文学状況を聞き、自分たちの置かれている文学状況との違いを明らかにしようとしたものである。世代間の相違がやや強調されすぎているきらいはあるが、次のようなやりとりは、芥川の書きはじめた時代の文学状況を知る上で貴重な証言である。

菊池　僕等の時代はね、いはゆる欧洲の近代文学の日本にたいする影響の一番完成した時代だね。いろ〳〵先駆者が各方面の文学を伝へただらう、それがちようど完成した時に僕達が出たんだね。

小林　だけどあれでせうね、西洋文学の影響を、僕等もまあ非常にうけてるけどもそれが日本の文壇にどういふふうに吸収されてるかといふ、影響の受け方について僕等はや、反省的になつてゐるが貴方方《あなたがた》の時代は、さういふことは考へないで影響をうけてゐたその頂点でせうね。つまりうけることが何でもかでもためになつた、かういふ頂点でせうね。

菊池　さう。君達の時代はその影響を飽和した時代だから、いくらかセレクシヨンをしてゐる時代なんだ。

小林　え、、その影響にたいして懐疑的になつてるんですね。

菊池　僕等は非常にすなほにその影響をうけて真一文字に来たわけだね。

菊池寛は、西洋文学の影響について、「僕等の時代はうけてればうけてゐることが作品を書くたしになつたんだよ」とも言っている。それに対して、小林秀雄の言うように、昭和の作家たちは、西洋文学の影響をもはや全面的には肯定できない状況に置かれている。芥川の書きはじめる大正の前期は、まだひたすら西洋文学の輸入に努めた時代であり、作品が西洋文学の模倣であること、あるいは模倣を含んでいることは、批判されることではなく、むしろ歓迎されるような時代であった。しかし、大正期という短い年月の間に、状況は大きく変化する。簡単にいえば、西洋文学を批判的に捉えられる視点が成立し、西洋文学の単なる模倣は否定的な評価しか受けなくなる。そして、独立した視点を持った、独創的な作品が高く評価されるようになっていく。その評価の変化は、少なくとも純文学という分野においては、現代にも受けつがれている。

そのように変化する時代状況を、まず理解しておく必要がある。その上で、「芋粥」が、安易に先行文学の表現を模倣したわけではなく、むしろ、意識して模倣していたと考えられることを説明していきたい。

模倣性と独自性

先走って言えば、「芋粥」という作品では、先行文学を模倣して、作品の基盤を作り、その上に別の展開を載せていくというような作り方がされていると考えられる。つまり、模倣は、「芋粥」に書かれる独自のストーリーの準備であったと見ることができる。

「外套」の展開を見てみよう。主人公アカーキイ・アカーキエヴィチは、作中で、一つのなしとげ難い願望を持つことになる。それは古くなって修理もできなくなった外套に代えて新しい外套を新調することである。

同様に、「芋粥」の五位もかなえ難い願望を持つ。

では、この話の主人公は、唯、軽蔑される為にのみ生れて来た人間で、別に何の希望も持つてゐないかと云ふと、さうでもない。五位は五六年前から芋粥と云ふ物に、異常な執着を持つてゐる。（中略）当時はこれが、無上の佳味として、上は万乗《ばんじょう》の君の食膳にさへ、上《のぼ》せられた。従つて、我五位の如き人間の口へは、年に一度、臨時の客（引用者注――摂関家などでの正月の宴）の折にしか、はいらない。その時でさへ飲めるのは、僅に喉を沾《うるほ》すに足る程の少量である。そこで芋粥を飽きる程飲んで見たいと云ふ事が、久しい前から、彼の唯一の欲望になつてゐた。勿論、彼は、それを誰にも話した事がない。いや彼自身さへそれが、彼の一生を貫いてゐる欲望だとは、明白に意識しなかつた事であらう。が事実は、彼がその為に、生きてゐると云つても、差支《さしつかへ》ない程であつた。

両者は、かなえ難い願望を持つ点において共通している。そして、「外套」においては、主人公アカーキイ・アカーキエヴィチが、節約を重ね、細かな貯金を積み重ねて、ついに自力で願望を達成する。それに対して、五位のかなえ難い願望は、利仁の手で実現される。自力でのがまんづよい達成と、他力でのたやすい達成という点で、願望の実現のあり方は異なっている。この違いが、「今昔物語集」の原話とのつながりを作ってくる。

「外套」では、せっかく苦労して新調したにもかかわらず、新しい外套は、すぐに他人に奪われてしまう。彼は途方にくれ、それを取り戻すために、「ある一人の有力な人物」に頼ろうとするが相手にされず、結局熱病を患って急死してしまう。次のような文章がある。

だれ一人からもだいじにされず、だれにとってもたいせつでなく、またなんぴとの興心にも値せず、（中略）事務所での嘲笑をおとなしくじっと堪え忍び、これという目だった仕事のなにひとつさえ成しとげることなく墓場へと去っていった一人の人間、だがしかし、よしんばその生涯の最後の際であったにもせよ、しかしとにかく当人にとっては輝かしい客人が外套という形をとってちらと姿を見せ、そのあわれな生涯を一瞬間活気づけたのであるが、……

（横田訳、前掲書）

「外套」の一つの主題ともいえる文章であるが、自力で願望を達成したことで、主人公の人生には、どんなに短くとも、輝かしい瞬間が訪れた。しかし、「芋粥」では、それを利仁に頼った五位には、このような瞬間は訪れない。利仁が用意した、芋粥を飽きるほど食べられるという状況を五位は喜べない。前を向いて努力したアカーキイ・アカーキエヴッチに対して、五位は、うしろ向きに、都でのみじめな自分をなつかしがる。願望の達成は、まったく異なる形を作っていく。

つまり、作者は、「外套」の主人公とよく似た主人公を造形しながら、それを出発点として、「外套」とは異なる方向に進む、もう一つの別の物語を作っている。よく似た主人公が、まったく異なる道をたどる。いわば、作者は、「外套」から枝分かれした、別の物語を作っているといえる。そう見てくれば、前半部分の模倣が意図的であったと考えることができるのではないか。

「外套」では、その後、主人公の幽霊が現れて、出会う人から外套を奪っていくといううわさが立つ。先の「有力な人物」がその幽霊に出会い、外套を脱ぎすてて逃げ帰ったところで作品は終わっている。「有力な人物」を含む人々の冷淡さへの批判は「外套」のもう一つの主題であったと考えられるが、先に見たように、芥川の認識はより暗く、厭世的である。「外套」のこのテーマは、「芋粥」のテーマにはならない。

あくまでも当時の文学状況を背景にしてのことではあるが、部分的な模倣だけに注目するのではなく、作品を全体として比較してみれば、「芋粥」は、「外套」と同じ場所からはじめながら、「外套」とは別のストーリーを紡いでいるといえる。

後半部分とその典拠

「芋粥」の後半部分は、先に述べた「今昔物語集」巻第二十六第十七「利仁将軍若時従京敦賀将行五位語」（利仁将軍若き時京より敦賀に五位を将て行く語）を原話としており、「宇治拾遺物語」にもほぼ同じ物語がある（巻第一第十八「利仁芋粥事」）。「芋粥」の後半部分において、原話の展開はほとんどそのままに用いられる。正月の宴での五位と利仁の出会いからはじまって、利仁が、五位の願望を実現してやろうと約束すること。その後四五日して、五位が利仁に誘われて、最初は行く先もわからず馬を進め、やがて敦賀まで旅をすること。旅の途中に、狐が登場し、利仁の館への使いとされること。翌日の夜に敦賀の利仁の館にたどり着き、歓待を受けること。そして、翌朝、大量の芋粥が準備されるが、五位はほとんど食べられなかったことなど。これらの原話の展開はほとんどそのままに用いられる。その上で、細部の描写や五位の心理の推移が詳細に書き加えられていく。

とすれば、今度は、後半部分が、「今昔物語集」の原話の模倣と見えるだろう。しかし、「芋粥」と「外套」との間に相違点があったように、「今昔物語集」の原話との間にも相違点がある。

原話では、主人公は、古ぼけた衣服を着ており、鼻水もふかないという、貧相な人物ではあるが、「年来《としごろ》に成て所得《ところえ》たる」者、つまり長年の功績を評価される人物でもある。「芋粥」の主人公のように、周囲から無視されたり愚弄されたりはしない。芥川は、原話の主人公の人物像を大きく改変している。それが結末の相違につながっていく。

原話では、五位は大量の芋粥が作られていくのを見ているうちに飽食感を覚え、ほとんど食べられずに、もう十分だと言って、周囲に笑われてしまう。願望の達成の瞬間そのものは、五位に幸福感を与えない。しかし、物語は次のように続く。これも「校註国文叢書」本で引用し、現代語訳を添えておく。

此て五位一月《ひとつき》許有《ばかりある》に、萬《よろ》づ楽《たのし》き事無レ限《かぎりなし》、然《さ》て上《のぼり》けるに、仮納の装束数《あまた》下《くだし》調《と、の》へて渡しけり、亦綾絹綿など皮子《かわご》数《あまた》に入て取《とら》せたりけり、前の衣直（直衣カ）などは然也、亦吉馬《よき》に鞍置て手綱など加へて取せければ、皆得富《とみ》て上にけり、実に所に付て年来《としごろ》に成て被レ免《まぬがれ》たる者は、此《かか》る事なむ自然《おのずか》ら有けるとなむ、語り伝へたるとや。

（このようにして五位は一月ほど滞在していたが、なにかにつけて言いようもなく楽しい。その後、京に上ったが、土産に普段着・晴れ着の衣装を何枚もととのえて渡され、綾《あや》・絹・綿などをいくつもの行李《こうり》に入れてもらった。初めの衣服と夜着などはいうまでもない。その他、よい馬に鞍を置き、物など添えてくれたので、それをみなもらい、すっかり物持ちになって上京した。／実際、長年勤め上げて、人々から重んじられている者には、自然とこういうことがあるものだ、とこう語り伝えられているということだ。

「新編日本古典文学全集」第三七巻『今昔物語集③』二〇〇一・六、小学館、国東文麿訳）

原話では、五位は、ひと月ほども利仁の館にとどまり、歓待を受け続ける。そして、都に帰るときには、たくさんのみやげをもらって、富者となって上京する。長年の務めを続け、一目置かれるようになった者として、その努力の果報を得ている。だから、利仁の館は、長年の労苦が報われる場所であり、たとえれば亀を助けた果報として浦島太郎が招かれる竜宮城のような世界であるといえる。その点では、原話は、桃源郷を訪れるような、一種の異郷譚ともいえる。都から敦賀への旅は、願望がかなう旅であると同時に、歓待と富を得る喜ばしい旅である。

しかし、「芋粥」の五位は、都では誰からも冷淡に扱われ、評価などされてはおらず、そのような果報を得る人物ではない。主人公の人物像の改変が、報われる喜びの旅を、決して喜べない旅に変えていく。つまり、作者は、「今昔物語集」の原話の展開をそのまま使いながら、まったく異なる結末を持つ、もう一つの別の物語を作っているといえる。

「芋粥」は、そのように二つの典拠を持ち、それぞれが改変されながらつなげられている。それでいて、どちらの典拠とも異なる物語となっている。

三つの作品をもう一度見比べて見てほしい。「外套」では、主人公は、新調された外套という「輝かしい客人」を持つことができた。「今昔物語集」の原話の主人公も、たくさんの土産物をもらって上京するという幸福を経験している。しかし、「芋粥」の五位だけは、そのような輝かしい瞬間を持つことができない。彼は、どんな幸福も手にすることがない。その点で、「芋粥」は、どちらの典拠とも大きく異なっている。

芥川の手つきは、まるで手品師のようである。二つの典拠を模倣してつなげながら、どちらとも異なる話を作るという離れ業をしてみせている。模倣性と独自性とをかねそなえた新しい物語を作る、みごとな計算と技巧に驚かされる。それは、大量の読書によって蓄えられた豊富な先行作品を土台としてはじめて成り立つものであり、その点で、いかにも芥川らしい作品であるといえる。

3　「芋粥」に描かれた二つの世界

五位のたどる長い旅

「芋粥」という作品は、幸福をめぐる一般論のような読み方で捉えられることが多い。例えば、願望というものは実現しないうちが花であるというような読み方や、願望は、他人の力に頼らず、自力で実現しなければ幸福になれないというような読み方である。しかし、「外套」の主人公は自力で願望を実現して幸福を経験し、「今昔物語集」の原話の主人公は他力で願望を実現するが、その後に幸福を得る。二つの典拠を模倣し、いずれとも異なる結末を作った芥川作品の独自性を重視するなら、そのような幸福をめぐる一般論のような読み方は、作品にはそぐわない。二つの典拠に対する模倣性と独自性をともに生かせるような読み方が必要である。つまり、もっと具体的で、五位という人物像と話の展開に即した読み方があるはずである。それを探していきたい。

「今昔物語集」の原話に、芥川がつけ加えたものを見ていくと、その一つに、旅の風景の描写がある。

旅のはじまる都の風景は、次のように描かれる。

冬とは云ひながら、物静に晴れた日で、白けた河原の石の間、潺湲《せんくわん》たる水の辺に立枯れてゐる蓬《よもぎ》の葉を、ゆする程の風もない。川に臨んだ背の低い柳は、葉のない枝に飴の如く、滑《なめら》かな日の光りをうけて、梢にゐる鶺鴒《せきれい》の尾を動かすのさへ、鮮《あざやか》にそれと、影を街道に落してゐる。東山の暗い緑の上に、霜に焦げた天鵞絨《びろうど》のやうな肩を、丸々と出してゐるのは、大方、比叡の山であらう。

都の、晴れた暖かさを感じさせる加茂川の河原が描写される。冷たい風はなく、鳥の姿も見える穏やかな風景である。

しかし、粟田口から都を出るころ、風景は変化しはじめる。

両側の人家は、次第に稀になつて、今は、広々とした冬田の上に、餌をあさる鴉が見えるばかり、山の陰に消残《きえ》つて雪の色も、仄《ほのか》に青く煙つてゐる。晴れながら、とげ〳〵しい櫨《はじ》の梢が、眼に痛く空を刺してゐるのさへ、何となく肌寒い。

穏やかな風景に代わって、寒々とした風景がひらけてくる。そして、三井寺を過ぎて、琵琶湖の見えるころ、風景は次のように描かれる。

馬蹄の反響する野は、茫々《ぼうぼう》たる黄茅《くわうぼう》に蔽はれて、その所所にある行潦《みづたまり》も、つめたく、青空を映したまゝ、その冬の午後を、何時かそれなり凍つてしまふかと疑はれる。その涯には、一帯の山脈が、日に背いてゐるせいか、かがやく可き残雪の光もなく、紫がかつた暗い色を、長々となすつてゐるが、それさへ蕭条《せうでう》たる幾叢の枯薄《かれすすき》に遮られて、二人の従者の眼には、はいらない事が多い。

凍りつく寒さが一行をつつみ、鳥たちの姿も消える。茅《かや》やすすきにおおわれた道を進んでいくのだが、光もうすれ、山影も見えない。風景は、荒涼としたものに変わっていく。

都からは遠くへだたった辺地にある寒冷の世界へ、五位と利仁は向かっていく。作者は、細部の表現に手を抜かず、風景描写を連ねて、はるかな旅路の遠さを描き出している。

この旅の中で、五位の人間関係も変化していく。途中に現れた狐を捕らえて、敦賀の館への使いとした利仁を見て、五位の心には、今までにない感情が生まれる。

> 五位は、ナイイヴな尊敬と賛嘆とを洩らしながら、この狐さへ頤使《いし》する野育ちの武人の顔を、今更のやうに、仰いで見た。自分と利仁との間に、どれ程の懸隔《けんかく》があるか、そんな事は、考へる暇がない。唯、利仁の意志に、支配される範囲が広いだけに、その意志の中に包容される自分の意志も、それだけ自由が利くやうになつた事を、心強く感じるだけである。

都の宴の席では、五位をからかっていた利仁であるが、「朔北の野人」と呼ばれているように、都を離れれば、その野性が明らかになる。利仁の圧倒的な力は、五位を支配し、支配される五位は、その力の大きさのもとで、自分の自由の範囲を感じる。強力な武人の客としてあることに、五位は庇護される心強さを感じる。

五位たちは、一夜をすごしたのち、高島のあたりで、館から迎えに来た人々と出会う。そして、また旅を続けた。

やがて、利仁の館にたどりつき、五位は、経てきた長い旅をふり返る。

夕方、此処へ着くまで、利仁や利仁の従者と、談笑しながら、越えて来た松山、小川、枯野、或は、草、木の葉、石、野火の煙のにほひ――さう云ふものが、一つづゝ、五位の心に、浮んで来た。

とりわけ「談笑」ということばに注目してほしい。一行は、語り合い笑い合いながら、山や川や枯野を越えて来た。都にいたとき、五位と談笑する者などいなかった。五位を取り囲む人間関係はまったく変わっていく。利仁を支配者としながらも、なごやかに親しい家来たちの関係に、五位は迎え入れられる。しかも、客人として大切にもてなされる。

つまり、「芋粥」には、都という世界と朔北という世界との二つの異なる世界が形作られていることになる。五位は、風景も人間関係もまったく違う世界への長い旅をしてきたことになる。

願望の実現への不安

都では、人として扱われず、無視され嘲笑されるだけだった五位が、朔北では支配者の客として厚遇を受ける。

直垂の下に利仁が貸してくれた、練色《ねりいろ》の衣の綿厚《わたあつ》なのを、二枚まで重ねて、着こんでゐる。（中略）そこへ、夕飯の時に一杯やつた、酒の酔が手伝つてゐる。枕元の蔀《しとみ》一つ隔てた向うは、霜の冴えた広庭だが、それも、かう陶然としてゐれば、少しも苦にならない。万事が、京都の自分の曹司《さうし》にゐた時と比べれば、雲泥の相違である。が、それにも係はらず、我五位の心には、何となく釣合のとれない不安があつた。第一、時間のたつて行くのが、待遠《まちどほ》い。しかもそれと同時に、夜の明けると云ふ事が、――芋粥を食ふ時になると云ふ事が、さう早く、来てはならないやうな心もちがする。さうして又、この矛盾した二つの感情が、互に剋《こく》し合ふ後（うしろ）には、境遇の急激な変化から来る、落着かない気分が、今日の天気のやうに、うすら寒く控えてゐる。

すべてが、都にいたときと変わってしまう。ただ、その変化の激しさに、五位は不安を感じる。こんなにすべてが変わってしまっていいのか。その上になお、心の奥に秘めていた願望が実現されていいのか。幸福に向かっているはずなのに、五位はことのなりゆきに不安を感じる。

この五位の心理は、原話にはない芥川の独創である。そして、ここが重要だと示すかのように、五位の不安はくり返し描かれる。

さつきの不安が、何時の間にか、心に帰つて来る。殊に、前よりも、一層強くなつたのは、あまり早く、芋粥にありつきたくないと云ふ心もちで、それが意地悪く、思量の中心を離れない。

どうもかう容易に「芋粥に飽かむ」事が、事実となつて現れては、折角今まで、何年となく、辛抱して待つてゐたのが、如何にも、無駄な骨折《ほねおり》のやうに、見えてしまふ。出来る事なら、何か突然故障が起つて、一旦、芋粥が飲めなくなつてから、又、その故障がなくなつて、今度は、やつとこれにありつけると云ふやうな、そんな手続きに万事を運ばせたい。

願望が実現するときを目前にして、このままではよくないのではないかと、五位の不安はふくれあがっていく。長年かなわなかった願望が、こんなにたやすく実現してはいけないのではないか。たとえ利仁の力を借りているにせよ、芋粥は「無上の佳味」である。それを得るためには、「やっとこれにありつける」ような手続きがなくてはならない。五位の心は、願望の実現への期待に胸をふくらませるのでなく、容易すぎる実現に不安をつのらせていく。

しかし、五位の願望は、苦もなく実現してしまう。

五位の与えられたもの

翌朝、五位は、自分のために芋粥が作られていく様子を見て驚愕する。

五位は、寝起きの眼をこすりながら、殆ど周章に近い驚愕に襲はれて、呆然と、周囲を見廻した。広庭の所所には、新しく打つたらしい杭の上に五斛納釜《ごくなふがま》を五つ六つ、かけ連ねて、白い布の襖《あを》を着た若い下司女《げすをんな》が、何十人となく、そのまはりに動いてゐる。（中略）広庭一面、はつきり物も見定められない程、灰色のものが罩《こ》めた中で、赤いのは、烈々と燃え上る釜の下の焰ばかり、眼に見るもの、耳に聞くもの悉く、戦場か火事場へでも行つたやうな騒ぎである。五位は、今更のやうに、この巨大な山の芋が、この巨大な五斛納釜の中で、芋粥になる事を考へた。さうして、自分が、その芋粥を食ふ為に京都から、わざ〳〵、越前の敦賀まで旅をして来た事を考へた。考へれば考へる程、何一つ、情無くならないものはない。

五斛納釜は五斛（五石）の釜であり、換算すれば五百升（五千合）の容量を持つ釜である。それを五つ六つ使って芋粥を作るのだから、数千人分あるいは一万人分以上の芋粥ができあがっていく。五位の驚愕は当然である。しかし、なぜそこで、五位は情けなくなり、長い旅を後悔するのか。

五位の願望は、年に一度、口に入るか入らないかの貴重な芋粥を、思う存分味わってみたいということであった。ところが、用意された芋粥は、貴重な物でも何でもない。朔北では、あるいは利仁には、それはたやすく作れるものなのだろう。原話の異郷譚の性格は残されており、朔北の利仁の館は、都では手に入らないものが簡単に得られる場所でもある。しかし、そのことは、ここでは芋粥というものに大きな価値はないことを示してもいる。先の不安は、そのことを予感していたともいえる。「無上の佳味」である芋粥を食べ飽きるほど食べたいと願っていた五位にとって、数千人分とか一万人分とかの「なみ〳〵と海の如くたゝへた」芋粥を押しつけられても、それは、彼の一生を貫く願望の実現にはならない。
利仁が五位に与えた芋粥は、五位の求めていた芋粥ではなかった。そう読んでくれば、こんなもののために長い旅をしてきたのかと、五位が情けなくなるのも無理はない。
作者は、「今昔物語集」の原話の展開をそのまま用いてはいるが、それを改変しながら、幸福な瞬間を持てない五位を作っている。この場面については、原話では、五位はこの大量の芋粥が作られていくのを見て、腹いっぱいになってしまったと書かれているだけである。

早う署領粥《いもがゆ》を煮る也けり、見《みる》に可レ食《くうべき》心地不レ為《せず》、返ては疎《うとま》しく成ぬ、（中略）一盛だに否不レ食《えくわ》で飽《あき》にたりと云へば、極《いみじ》く咲《わらい》て集り居て、客人の御徳《おんとく》に署領粥食《くう》など云ひ嘲り合へり、

（いわずと知れた、芋粥を煮るのだ。これを見ると、もはや食べる気もせず、かえってげんなりしてしまった。（中略）一杯さえも食べられず、「もう腹いっぱいです」と言うと、みんなどっと笑い、その場に集りすわって、「お客様のおかげで、芋粥が食べられるぞ」など口々に冗談を言い合った。

（国東訳、前掲書）

原話では、五位は見ているうちに飽食感を覚えただけであり、芋粥の価値もそれほど下がってはいない。そもそも、芋粥を飽きるほど食べてみたいという願望は、原話の五位にとっては、それほ

ど重要な願望ではなかった。だから、その願望が実現する前に、不安を感じることもなかったし、芋粥が思うほど食べられなかったとしても笑いごとですんでしまう。作者は、五位の願望を誇張し、与えられた芋粥の価値をずらしながら、願望の達成の意味を変えていった。

芥川の作品では、朔北の世界で五位がつきつけられるのは、芋粥の価値の低さである。同時に、利仁が用意した大量の芋粥は、五位の一生を貫いていた願望そのものに意味がないと告げている。都では意味があったはずの願望が、長い旅の果てにたどり着いた世界では意味をなくしてしまう。結果として、利仁は、五位の「唯一の欲望」を幻滅に変えたことになる。

価値の異なる世界

この作品は、都と朔北という、価値観の異なる二つの世界を作ったことに独創性がある。都では、五位は無視され、愚弄されていた。むく犬のように生き、人間としては扱われなかった。しかし、利仁との旅で、人間関係は大きく変化し、利仁の館では歓待され、客として厚遇される。五位という人物の価値は高まり、人間として正当に扱われている。

一方で、無上の価値を持っていたはずの芋粥のそれは下落し、こちらは無に等しくなる。都の世界と朔北の世界とでは、ものの持つ価値がまったく異なるのである。先に見た変化する風景の描写も、価値の異なる世界にたどりつく長い過程を描くものであったと説明できる。

五位は、芋粥を飲んでゐる狐を眺めながら、此処へ来ない前の彼自身を、なつかしく、心の中でふり返つた。それは、多くの侍たちに愚弄されてゐる彼である。（中略）色のさめた水干に、指貫をつけて、飼主のない尨犬のやうに、朱雀大路をうろついて歩く、憐む可き、孤独な彼である。しかし、同時に又、芋粥に飽きたいと云ふ欲望を、唯一人大事に守つてゐた、幸福な彼である。

五位は、願望の達成を他人にゆだねたから満足できなかったのではなく、願望の持つ価値を変えられてしまったから、ここに来たことを後悔しているといえる。都では、今目の前にある芋粥ではなく、幻の芋粥を心の中に思い描くことができていた。五位は、そのときの自分を「幸福」とふりかえる。

利仁は、あからさまな力で人や狐までも支配する。ただ、そこには都の人々のような陰湿な無視や愚弄はない。野性的な武人としての利仁には、「羅生門」の下人のあからさまな力と重なる部分がある。この世界で生きることは、都での迫害から解放されることであるが、同時に、自分の実力どおりの生き方を要求されることにもなる。自分の胸の中だけに秘めた願望に一生を捧げることはできない。朔北の世界は、すべてがありのままにさらけ出される世界である。

ありのままの力の世界で、利仁に支配されながらも人並みに扱われて生きていくのがよいか、周囲の迫害の中で、自分の胸の中だけに願望を守って生きるのがよいか。五位は、その選択に迷わない。彼は、都での自分の方が幸福であったと思う。芥川は、そう考える五位を描き、そう考える五位に共感を示している。

「芋粥」においても、人を傷つけてやまない日常の生の世界が嫌悪されていることに変わりはない。しかし、その問題の解決はもはやめざされてはいない。いいかえれば、暗い認識や厭世観は、変えることのできないものとして固定化している。問題意識の中心は変化し、それとともに、共感の対象も変化している。どうしようもなく下等な世界の中で迫害されながら、ただ一つの願望を守り続ける者に、芥川は親愛の目を向けはじめていたといえるだろう。そして、このような、世の中の下等さに翻弄される弱い存在への共感は、以後の芥川の作品にもくり返し描かれていくことになる。

「羅生門」から「鼻」へ、そして「芋粥」へと、芥川の問題意識は引きつがれていくとともに、急速に大きな変化を遂げていったとまとめられるだろう。

第六章　独自の創作方法
――「羅生門」「鼻」「芋粥」の共通点

原因と結果が矛盾する物語

以上見てきた三作品をふり返って考えておきたいのは、作品の創作方法、より正確にいえば作品に意味を与える方法についてである。「羅生門」「鼻」「芋粥」という三つの作品には、その点での共通性がある。それを見ておきたい。

この時期に書かれた「酒虫」（『新思潮』一九一六・六）という作品がある。「聊斎志異」の同名の短い物語を原話としている。芥川は、作品化にあたって、登場人物を追加し、背景を細かく描いて長文化してはいるが、展開の大筋に変わりはない。この作品は、重要な問題が語られている作品ではない。いままで見てきたような芥川の問題意識にかかわるような内容は持っていない。それでも、この作品に注目しておきたいのは、三作品の作り方の共通性が見やすくなるからである。

コラム11 「酒虫」のあらすじ

舞台は、中国の長山。夏の暑さの中、戸外にいる三人の男の描写からはじまる。一人の男は、手足を縄でくくられて、地面に寝ころんでいる。そして、酒を入れた素焼きの瓶が、枕もとに置いてある。もう一人は、西域から来た「蛮僧」で、あとの一人は、遠くで眺めてみている儒者である。

なぜそんなことになっているのかというと、寝ころんでいる男は、このあたりの畑の大地主で、劉大成という。一日中、酒ばかり飲んでいるが、酔ったこともなく、大金持ちなので困ることはない。ある日、劉が、先の儒者である孫先生と酒を飲んでいると、その蛮僧がやってきて、「あなたは珍しい病にかかっている」と言う。酒を飲んでも酔わないのは、腹の中に酒虫がいるからだと説明する。そこで、治療を依頼すると、炎天下に寝ころがらされたのである。

劉は暑さにあえぎながら、身動きもできず、苦しみ続けていたが、突然、何かの塊が、胸からのどへ這いあがってきて、口から出て、瓶に落ちた。見ると、三寸ほどの山椒魚のようなものが、酒の中を泳いでいる。

劉は、その日からまったく酒が飲めなくなった。それと同時に、健康も衰え、富も失っていった。酒虫を吐いたこととと、その後の零落とを並べてみて、人々は、その理由を説明しようとして、いろいろな答を主張した。作者は、話の最後に、そのうちの代表的な三つの答を記している。

「聊斎志異」の原話を、日本語訳で引用しておこう。

長山（山東省）の劉氏は、でっぷり肥っていて大酒飲みだった。独《ひと》りで酌《の》んでも、いつも一甕《ひとかめ》飲み干してしまうのだった。県城の近くの三百畝もの美田に、きまって半分は黍《きび》を植えていたが、家がたいそう裕《ゆた》かだったから、飲むことが苦にはならなかった。

ひとりの喇嘛《らま》僧が会って、体に奇病がある、という。劉が、「いいえ」とこたえると、僧はいった、

「あなたは御酒を召しても、いつもお酔いにならんでしょうが？」

「いかにも」

「それが酒虫のせいですのじゃ」

劉はびっくりして、すぐ治療を請うた。

「なんでもありませんじゃ」

という。（中略）ただ、日向《ひなた》に俯《うつむ》けにねかせて、手足をしばり、首から五寸ほど離して、美酒を器に入れて置いただけだった。

時がたつほどに、咽喉がかわいて、飲みたくてたまらなくなった。（中略）と、咽喉が急にむずがゆくなって、なにやらがげっと出てき、まっすぐ酒のなかに堕《お》っこちた。縛《いましめ》を解いてもらって見ると、長さ三寸ばかりの赤い肉が、およいでいる魚のようにはいずり廻っており、口も眼もみんなそなわっていた。

劉はおどろいて礼をいった。そして、金で酬いようとしたが、僧は受け取らず、ただ、その虫をいただきたい、といった。

「何にするのです？」ときくと、

「これは酒の精でしてな、甕に水をはり、この虫を入れてかきまわすと、たちどころに美酒《うまざけ》ができますのじゃ」

という。劉が試しにやらせてみたところ、果してそのとおりだった。

（「中国古典文学大系」第四〇巻、『聊斎志異　上』、前掲、常石茂訳）

物語の骨組みはほとんど変えずに、芥川の作品に使われていることがわかる。このあとに、原話でも、後日談と批評文が続く。

劉はそれからというもの、酒を仇《かたき》のように憎んだ。体がだんだん痩せ細り、家も日ましに貧しくなって、やがては飲み食いもまかなえなくなってしまったのだった。

異史氏曰く――

日に一石飲み干しながら、その富を損するがことなく、一斗も飲まずに、ますます貧しくなっていったのである。してみると、飲み食いには、そもそも天与の数があるのであろうか？「虫は劉の福で、劉の病ではなかったのだ、坊主が見くびって、まんまと己《おのれ》の術にはめたものだ」といったものがあるが、そうだったのであろうか？

（同前）

芥川の「酒虫」では、この部分が次のように書かれている。

酒虫を吐いて以来、何故、劉の健康が衰へたか。何故、家産が傾いたか――酒虫を吐いたと云ふ事と、劉のその後の零落とを、因果の関係に並べて見る以上、これは、誰にでも起こりやすい疑問である。現にこの疑問は、長山に住んでゐる、あらゆる職業の人人によつて繰返され、且、それらの人人の口から、あらゆる種類の答を与へられた。今、ここに挙げる三つの答も、実はその中から、最《もっとも》、代表的なものを選んだのに過ぎない。

挙げられている「三つの答」とは、次のようなものである。

第一の答。酒虫は、劉の福であつて、劉の病ではない。偶《たまたま》、暗愚の蛮僧に遇つた為に、好んで、この天与の福を失ふやうな事になつたのである。

第二の答。酒虫は、劉の病であつて、劉の福ではない。何故と云へば、一飲一甕を尽すなどと云ふ事は、到底、常人の考へられない所だからである。そこで、もし酒虫を除かなかつたなら、劉は必《かならず》久しからずして、死んだのに相違ない。して見ると、貧病、迭《かたみ》に至るのも、寧《むしろ》劉にとつては、幸福と云ふべきである。

第三の答。酒虫は、劉の病でもなければ、劉の福でもない。劉は、昔から酒ばかり飲んでゐた。劉の一生から酒を除けば、後には、何も残らない。して見ると、劉は即酒虫、酒虫は即劉である。だから、劉が酒虫を去つたのは自ら己を殺したのも同前である。つまり、酒が飲めなくなつた日から、劉は劉にして、劉ではない。劉自身が既になくなつてゐたとしたら、昔日《せきじつ》の劉の健康なり家産なりが、失はれたのも、至極、当然な話であらう。

作者は、「どれが、最よく、当を得てゐるか」は自分にもわからないとし、「唯、支那の小説のDidacticism（引用者注――教訓主義）に倣つて」列挙しただけであると結んでいる。

原話でも、芥川の「酒虫」でも、起こった事態の原因と結果が矛盾しているように見えることに、多くの人々の目が集まる。劉の治療は成功したのに、劉は幸福にはならず、不幸になっていく。この矛盾をどう考えればよいのかという疑問が共有され、いろいろな答が並べられる。物語全体の構成は大きくは変わっていない。ただ、並べられる答えが、少し違っているだけである。

芥川の「酒虫」では、三つの答の中で、第一の答と第二の答が対をなし、第三の答が異色である。いいかえれば、第一の答と第二の答は、因果が矛盾すると認めた上で、劉は不幸だ、いや幸福だと論じあっていることになる。しかし、第三の答だけは、幸不幸を論じていない。事態を当然の結果として説明し、因果が矛盾するという見方そのものを否定している。

もともと、以前の劉と治療以後の劉を並べて見て、それを矛盾と見るのは、病の治療というものは、成功すれば人を幸福にするはずだという先入観があるからである。つまり、幸不幸の価値観に照らして、事態を捉えているからである。これらに対して、第三の答は、幸不幸の価値観で見ることをせず、ただ、理に合った説明だけをめざしたものといえる。ただし、この場合は、答そのものにはあまり深い意味は認められない。

少々寄り道になったが、この第三の答のような発想が、「羅生門」「鼻」「芋粥」にも認められることを見ていきたい。

原因と結果が矛盾しないとする説明

「酒虫」の物語とストーリーの展開がもっともよく似ているのは、「鼻」である。「鼻」のストーリーを、長い鼻の治療が成功したのに、そのことで幸福になるはずの内供がかえって不幸な目にあう物語といい直せば、「酒虫」と「鼻」の類似性は明らかだろう。

二つのストーリーは、ともに、原因と結果が矛盾しているように見える。さらに、治療が成功したのに、なぜ幸福になれなかったのかという疑問をいだかせる点で、共通している。「鼻」の場合には、自尊心が傷つけられることはもうないと思い、幸福になるはずだったにもかかわらず、内供の予想はくつがえされる。そして、哂われてきた長い鼻が短くなったのに、なぜ、人々はなおそれを哂うのかという問題に焦点があてられる。しかし、内供にはわけがわからず、代わって作者が答えたのが、傍観者の利己主義の説明だった。

事態を幸不幸の価値観で見ると、原因と結果とが矛盾しているように見える。自尊心が傷ついてきた今までの不幸が、鼻の治療で解消されると考えるから、予想外の結果の意味がわからなくなる。作者は、幸不幸とは別の視点で事態を見る。周囲の人々が哂う理由を考え出し、人間の心の中に潜む傍観者の利己主義を明らかにする。傍観者の利己主義の説明は、一見矛盾に見えるものを、作者の眼から見れば矛盾してはいないとする説明であり、「酒虫」の第三の答と同じ発想の答である

この二つの作品の発想の類似から、芥川の創作方法を想像してみよう。最初に、因果関係におくと一見矛盾して見える事態が準備される。それは、外から価値観をあてはめて見るからである。作者は、価値観を排して、合理的な視点から、矛盾など存在しないという説明を考え出す。そして、それを、作者の「答」として作品の中に持ちこむ。「鼻」の場合には、この方法によって、重要な認

識が作品において語られ、問題を提起している。このような創作方法を〈合理的解釈〉と呼んでおきたい。

そう考えると、「芋粥」にも、同様の創作方法が用いられていることに気づく。つまり、五位の願望が実現するにもかかわらず、彼は幸福にはなれないという、因果関係の矛盾が含まれている。「芋粥」の場合は、〈合理的解釈〉による答はやや複雑で、都と朔北という二つの世界の価値の相違を説明する必要があり、五位が利仁から与えられたものについても説明しなければならない。それでも、作品を成り立たせている発想は同じである。芥川が書こうとしたのは、矛盾などどこにもなく、五位の願望は本当には実現されたわけではなく、むしろ、五位は願望そのものを失ってしまったという事態であった。

これらの三つの作品は、いずれも幸不幸にかかわる矛盾を前提にして成り立っている。それを善悪にかかわる矛盾に置きかえて考えれば、「羅生門」をここに並べることができるだろう。

「羅生門」には下人の二つの行動が描かれていた。そして、それはそれぞれに勇気の獲得がひきおこしたものであった。その第一の勇気は一見正義感に見え、下人は善に向かうと見える。第二の勇気はエゴイズムに見え、悪に向かうことになる。善悪という倫理的な観点から見れば、下人の二つの行動は矛盾しているように見える。しかし、すでに見てきたように、下人の心理の実態にふみ込んで見れば、第一の勇気は老婆への憎悪であり、第二の勇気は老婆への侮蔑であって、下人の二つの行動は一連の老婆への反感によってひき起こされた。下人の行動は、外から見れば矛盾と見えるかもしれないが、実態を捉えれば矛盾してはいない。そう説明すれば、「羅生門」も、同様の〈合理的解釈〉が作品を作っていたことが知られる。

したがって、「羅生門」「鼻」「芋粥」という三つの作品の創作方法には共通性がある。つまり、それぞれの物語に意味を与える方法が同じであるといえる。

方法の有効性の範囲

時間の順序にしたがえば、芥川は、〈合理的解釈〉という方法を、「羅生門」において見つけたことになる。そして、それが、「鼻」「酒虫」「芋粥」にも応用されていったといえる。「仙人」から「羅生門」への推移において、そこには大きな飛躍があると述べた。「今昔物語集」の原話との出会いは重要であるが、原話を受けとめ、それを独自の世界に変えていくためには、彼独自の創作方法が必要だったと考えられる。だから、この〈合理的解釈〉という方法を見つけたことが、独自の世界を作り上げられた大きな要因であった。

第四章での読み方に、さらに、このことをつけ加えれば、作品の読み方が補強されるだろう。つまり、吉田説がなぜ妥当ではないのかは、見てきたような創作方法にあてはまらないからである。二つの勇気を善悪で捉えて、矛盾するという見方を作者は否定しようとしていたと考えられるからである。一見矛盾すると見える下人の行動を、一連の感情で説明し、矛盾していないと書こうとしたところに、作品は成立している。だから、吉田説では、作品の表現との間にくい違いが生じることになる。

さて、もう一歩、素材を作品化する発想にふみ込んでおこう。

芥川は、特に初期の作品では、好んで「今昔物語集」や「聊斎志異」を材料にしている。なぜ、「今昔物語集」などの粗野な素材を好んで使ったのかということについても、ここでもう一つの説明を加えることができる。「今昔物語集」などの説話や怪異譚は、不思議な話を多く含んでいる。不思議な話の中には、不合理な部分が含まれることが多い。なぜそうなるのか、なぜ予想とは違う結果が生じるのか。そう感じさせる物語が数多く含まれている。

そのような話は、多くの場合、因果の矛盾する話であり、〈合理的解釈〉という方法を適応できるものである。一見矛盾しているように見えるが、よく考えてみれば矛盾してはいないという説明を見つけられれば、そこから作品を生み出すことができる。つまり、「今昔物語集」などが、材料として多用されたのは、作品の前提となる一見矛盾と見える物語が、そこに多く含まれているからである。

次の文章に書かれたような作品の作成過程が、このような創作方法を語っていると考えられる。

材料は、従来よく古いものからとつた。〔中略〕が、材料はあつても、自分がその材料の中へはいれなければ、——材料と自分の心もちとが、ぴつたり一つにならなければ、小説は書けない。〔中略〕書いてゐる時の心もちを云ふと、拵《こしら》へてゐると云ふ気より、育ててゐると云ふ気がする。人間でも事件でも、その本来の動き方はたつた一つしかない。その一つしかないものをそれからそれへと見つけながら書いて行くと云ふ気がする。一つそれを見つけ損ふと、もうそれより先へはすゝまれない。すゝめば、必ず無理が出来る。だから、始終注意を張り詰めてゐなければならない。

（「私と創作――「煙草と悪魔」の序に代ふ――」、初出は『文章世界』一九一七・七。第二短編集『煙草と悪魔』（一九一七・一一、新潮社）に収録）

人間や事件持つ、たった一つしかない「本来の動き方」を見つけていくことで、典拠の持つ、いわば不連続な穴を埋めていく。不合理と見える展開を、合理的な展開に変えながら、作品を育てていく。そのように、人間の行動や事件の奥にある、明らかにはされていない動きを見つけながら、作品を書き進めていくという方法が、四つの作品に共通する作り方である。

しかし、この〈合理的解釈〉と呼んだ方法で芥川が作品を書くのは、初期の短期間だけである。先にも述べたように、芥川の執筆期間は、一九一四（大正三）年から一九二七（昭和二）年までの十余年間であり、その短い期間に、芥川の創作方法は何度も大きく変化する。この〈合理的解釈〉という方法は、初期の短期間のものでしかなく、「芋粥」がほぼ最後の作品である。その「芋粥」において、芥川の関心が変化していたことは見てきたとおりである。

そして、次には、〈語り手の設定〉と呼べる方法が、〈合理的解釈〉という方法に代わって、主要な創作方法となっていく。基本的に作者は登場せず、語り手が作品の登場人物として設定され、物語が語り手に託されるという方法である。「地獄変」（一九一八・五）や「奉教人の死」（一九一八・九）をはじめとして、「秋山図」（一九二一・一）や「藪の中」（一九二二・一）までの中期の作品の多くが、この方法で書かれている。〈合理的解釈〉という方法が、作者が答を出す書き方であるとすれば、〈語り手の設定〉という方法は、物語を語り手に託すことで、作者は答を出さない書き方であるといえる。大正期の文学状況の変化が急速で大きなものであったように、この後の芥川の作品も大きな変化を遂げていくことになる。

第七章　「偸盗」に賭けた問題の解決

1　老婆と下人が共存する盗賊団

作品の位置と評価

最後に見ておきたいのは、「偸盗」という作品である。

「羅生門」の老婆にはじまる、見せかけのうちに潜む偽りや、見えにくいエゴイズムの問題は、後の作品に引きつがれていく。「鼻」では、人間の持つ傍観者の利己主義として一般化され、「芋粥」では、世の中が必然的に持つ下等さにまで拡大されて、解決のできないところで行き詰ってしまう。

一方、下人のありのままのエゴイズムについては、それを引きつぐ作品はすぐには登場しない。二年後の「偸盗」（『中央公論』一九一七・四、七）を「羅生門」の後継作品と認めるのが定説である。

ただ、早くから指摘されているように、『新小説』からの執筆依頼をうけたとき、芥川は「偸盗」の執筆を考えていた。一九一六（大正五）年七月二五日付の井川恭宛の書簡に、「僕は来月号の新小説へ芋粥といふ小説を書く　世評の悪いのは今から期待してゐる　偸盗と云ふ長篇をかきかけたが間にあひさうもないのでやめた」と記している。つまり、「偸盗」の構想は、このころからはじまっていた。

そのことについて、三好行雄は、「『新小説』から執筆を依頼されたとき、青年作家の野心はごく自然に、長篇小説という未踏の領域を試みる冒険――結局はみずから断念することになる冒険へ、かれをさそったらしい」と述べる。一年後に発表された「偸盗」の内容については、次のように要約している。

> 王朝末期の荒廃した京の町に飢えた野盗の群れをおき、集団内部の愛憎のもつれが網の目のように布置される。網の目の中心にいるのは美しいメフィストフェレスにほかならぬ野性の女、沙金と、思念の惑いを知らぬ痴呆の下衆女、阿濃である。かれらのからみあう人間関係の葛藤が、沙金をめぐる太郎と次郎の骨肉の争いをしだいに鋭角化し、やがて決定的な行動にかりたてるという形で小説は進行するのだが、同時にプロットの主軸を占める沙金系のものがたりが高音部の主題を提示しながら、阿濃にからむ猪熊の爺らの動きが、それに追随し、また交叉する低音部の主題をひびかせるという、プロットとモチーフの重層関係もたやすく見てとれる。「偸盗」のロマンとしての構造性である。
>
> （「下人のゆくえ――「偸盗」論の試み――」、三好著『芥川龍之介論』、一九七六・九、筑摩書房）

沙金と阿濃《あこぎ》を中心としている点などは、以下の本書の読み方とはかなり異なるが、この要約の中の二つの点が注目される。一つは、「偸盗」は、今まで見てきた短編小説よりはかなり長く、多数の人物が登場し、複雑な展開を持つことである。念のためにつけ加えれば、この作品には、前章で見た〈合理的解釈〉という方法は用いられてはいない。今まで見てきた作品のように、原話があって、それをさまざまに加工して作るのではなく、芥川の構想が先にあり、それにあわせて、古今東西の先行作品から、細部の造形のための取材がなされている。独自の構想を先行させるという、今までとは異なる方法を使って、「羅生門」を受けつぐための作品が作られようとしていた。

もう一つは、三好が、二つのプロットの重層性を指摘している点である。この点について、筆者がつけ加えたいのは、二つのうち、太郎と次郎が、下人のエゴイズムを受けつぐ存在であり、猪熊《いのくま》の爺《おじ》と婆《ばば》が、老婆のエゴイズムを受けつぐ存在であると考えられることである。そのことは、これからの読解の中で示していきたいが、複数のプロットが並行する構想は、「羅生門」の問題をまるごと引き受けるためのものであったと思われる。

さて、「羅生門」の後継的な作品であることとかかわるが、エゴイズムの「超克」や「救済」ということばが、この作品の主題としてしばしば用いられる。例えば、海老井英次は、「問題の核心は、「羅生門」的暗黒の中に存在する、エゴイズム超克の原理」であるとする（「「偸盗」――ロマンへの野心とその挫折――」、海老井著『芥川龍之介論攷――自己覚醒から解体へ――』、一九八八・二、桜楓社）。しかし、「羅生門」のエゴイズムの問題は一つではなかった。エゴイズムの超克とか、エゴイズムからの救済とは、どのような解決なのだろう。芥川は、エゴイズムのすべてを否定していたわけではない。エゴイズムの定義にもよるが、エゴイズムが消えれば問題が解決するわけではないだろう。そもそも、エゴイズムをなくしてしまえば、自分という個性も失われてしまうのではないか。必要なのは、むしろ、エゴイズムを正当なものに、いわば自分の生きる核となるもの、つまりアイデンティティに変えていくことなのではないか。自分の中にある欲望や感情から負の面を取り除いて、自分の生きる目的に高めていくことができれば、それは自分の生を支えるものになるだろう。もちろん、それは容易なことではないだろうが、解決は、「超克」や「救済」とは少し異なるところにあると思われる。

そのように、「偸盗」という作品は、「羅生門」の後継的な作品であるという位置づけがあることで、先入観なしに読むことが難しい作品となっている。さらにもう一つ、作品に対する評価が見えていることも、読み方に先入観を与える。それは、芥川が完成した作品を失敗作としてしりぞけ、その後も、書き直しには取り組むが、成功しなかったという事実である。「偸盗」は、結局、彼の単行本に収められることはなく、捨てられた作品となる。

「偸盗」なんぞヒドイもんだよ安い絵双紙みたいなもんだ（中略）熱のある時天井の木目が大理石のやうに見えたが今はやつぱり唯木目にしか見えない「偸盗」も書く前と書いた後とではその位の差がある僕の書いたもんぢや一番悪いよ

（一九一七・三・二九、松岡譲宛書簡）

「偸盗」の執筆には力が込められていただけに、できあがりへの失望も大きかったのだろう。しかし、実際に作品を読んでみると、作者の意図が実現できていない部分があるとしても、失敗作とはいえないとも感じられる。むしろ、芥川らしくないほど熱のこもった作品と感じる人も多いのではないだろうか。にもかかわらず、作品の欠点や失敗の理由を探ることが先に立ち、この作品をさらに読みにくくしている。

ところで、三好も海老井も、この作品の失敗を受けて、『鼻』（一九一八・七、春陽堂）収録の際に、「羅生門」の末尾文が「下人の行方は、誰も知らない。」に改められたと述べている。「偸盗」に賭けた問題の解決が成功しなかったことを受けて、「羅生門」も末尾文を修正せざるを得なくなったということである。その点については、筆者も同意見である。「羅生門」の末尾文の修正は、この時点に置くのがふさわしいだろう。

先入観になりかねない情報を先に見てしまったが、あらためて、「偸盗」がどのような作品なのか、その文章と表現に即して読んでいきたい。

コラム12　「偸盗」のあらすじ

第一章は、京の町の辻で、太郎が猪熊《いのくま》の婆《ばば》を呼びとめる場面からはじまる。夏の暑い日盛りである。二人は、今夜の襲撃の予定を確認し、臨月にある阿濃《あこぎ》の胎児の父がわからないことをうわさし合って別れる。

第二章では、猪熊の婆が、むかしの自分の思い出を語る。感慨にふける婆は、次郎と出会う。そこに、ほとんど死んでいるように見える、疫病《えやみ》にかかっている女が描かれる。婆は、娘である沙金をめぐる兄弟の対立を心配して去って行く。

第三章は、歩いて行く太郎が、自分の過去をふり返る章である。獄舎の管理人であった太郎は、つかまった沙金の脱獄を助け、猪熊の家に出入りしはじめる。太郎は沙金に恋するが、沙金は、多くの男と関係を持ち、義理の父である猪熊の爺《おじ》とも関係していた。そんなとき、弟次郎が投獄される。沙金たちの手を借りて、太郎は、弟を脱獄させ、盗賊団に入り、強盗の生活をはじめる。しかし、沙金は次郎とも関係を結び、太郎は、弟と殺し合うときが迫っていると感じる。

第四章は、次郎の話である。次郎は、兄を強く慕っている。沙金に恋しながら、沙金を憎んでもいるという矛盾した感情を抱いている。次郎は、歩く道すがら、沙金が、今夜襲撃する藤判官の屋敷の侍と歩いてくるのを見つける。沙金は、相手の様子を探っていただけではなく、襲撃の計画を偶然知ったと侍に漏らしたという。盗賊団を迎え撃たせて、太郎を殺させようとするたくらみだった。次郎は、抵抗しながらも、それを受け入れてしまう。

第五章は、猪熊の爺の話である。太郎が、猪熊の家に入ったとき、爺は、阿濃に胎児を堕胎させる薬を飲まそうとしていた。爺を憎んでいた太郎は、爺を殺そうとするが、その憎悪を見て、爺は自分のむかしを語りはじめる。爺は、猪熊の婆に恋をするが、婆にはすでに恋人がいて、その男との間にできた子を生むと行方しれずになってしまった。十五年たってめぐりあったとき、婆は変わっていたが、かつての婆とうりふたつの娘を連れていた。それが沙金だという。だから、自分が沙金に恋し、関係を持ってもおかしくはないと語る。そんな話を聞かされて殺意を失った太郎に対して、爺は、今の話はすべてうそだと言い捨てて去って行く。

第六章、その日の夜、羅生門のほとりに盗賊たちが集まる。襲撃に向かう盗賊団の後に、出産の迫った阿濃が残って、遠い月の出を眺める。

第七章は、長い夜の時間を描く。予知されていた中にとび込んだ盗賊団は、つぎつぎと討ち取られる。次郎は、かろうじて逃げてくるが、昼に疫病の女のいたあたりに群れていた野犬に囲まれる。一方、羅生門の上では、阿濃が、次郎を胎児の父と信じて、出産のときを迎える。盗賊団の方では、猪熊の爺が危うく殺されそうになるが、助けに入った猪熊の婆に救われる。しかし、爺は、婆を見捨てて逃げ去り、婆はそのまま息絶える。太郎は、敵の馬を奪って、その横を駆け抜けていく。馬を走らせるうちに、犬の群れに囲まれている次郎と出会うが、最初は見捨てて走り去ろうとする。しかし、弟ということばが湧き、次郎のもとに駆け戻って、次郎を救い出して走り去る。

第八章、羅生門に帰り着いた盗賊団の中で、一番深手を負ったのは猪熊の爺だった。赤ん坊の泣く声が聞こえ、彼らは、阿濃が子を産んだことを知る。連れられてきた赤子を、瀕死の爺は見せてくれと言う。その子の指にふれた爺は、「この子は、わしの子ぢや」と言い残して、息を引き取る。

第九章は、エピローグである。翌日、猪熊の家で、沙金の死体が見つかる。阿濃の証言によれば、夜ふけて太郎と次郎が来、沙金と言い争ううちに、次郎が沙金に切りかかり、太郎も刃を加えて殺し、二人で抱き合って泣き、立ち去って行ったと言う。それから、十年あまりのち、尼になって子供を育てていた阿濃は、丹後の守《かみ》の家来になっている太郎を見かける。その弟も、同じ主人に仕えているという風聞を伝えて、小説は終結する。

「偸盗」は、ある一日の昼から夜ふけまでを作品の中の時間とする。そして、登場人物たちの昼の時間を描く前半部分と、夜の時間を描く後半部分に二分される。

前半部分では、偸盗の一団（盗賊団）に属する、猪熊の婆・太郎・次郎・猪熊の爺が次々と登場し、その現在までの生が語られる。沙金については、四人とのそれぞれのかかわりの中で登場しているが、他の人物のようにくわしく語られているわけではない。だから、この人物を作品の中心に置くことは適切ではないだろう。また、阿濃は正面から描かれるが、それは後半部分においてである。したがって、右の四人の登場人物たちの過去と現在の生が、前半部分の内容の中心となっている。

後半部分では、偸盗たちは公家の屋敷を襲撃する。しかし、沙金のたくらみによって計画は漏れており、待ちかまえていた警護の侍たちに反撃される。猪熊の婆も太郎も次郎も猪熊の爺も、死に直面する。ただ、阿濃だけが、羅生門に残り、彼らとは逆に、赤子を出産する。戦いの後に、太郎と次郎は窮地を脱して生きのびるが、猪熊の婆と爺は死んでいく。したがって、阿濃の出産と、右の四人の生死とが、後半部分の内容の中心になっている。

そのように見てくれれば、下人という主人公と老婆という副主人公について、必要最小限のことだけを語った「羅生門」のような短編小説とはまったく異なる様式の作品と見えるかもしれない。しかし、本当にそうなのだろうか。

2　昼の時間――人物たちの生と喪失

猪熊の婆の今

前半部分から見ていこう。

第二章は、猪熊の婆の話が中心となる。婆は、真夏の炎天下の道を歩きながら、都の荒廃を語る。

　通ひ慣れた路ではあるが、自分が若かつた昔にくらべれば、どこもかしこも、嘘のやうな変り方である。自分が、まだ台盤所の婢女《みづし》をしてゐた頃の事を思へば、――いや、思ひがけない身分ちがひの男に、挑まれて、とうとう沙金を生んだ頃の事を思へば、今の都は、名ばかりで、その頃の俤《おもかげ》は殆どない。昔は、牛車の行き交ひのしげかつた路も、今は（いたずら）徒に薊《あざみ》の花が、さびしく日だまりに、咲いてゐるばかり、（中略）さうして、自分も何時か、髪が白み皺がよつて、遂には腰のまがるやうな、老の身になつてしまつた。都も昔の都でなければ、自分も昔の自分ではない。

むかしは婆も、はなやかな都で公家に仕える生活をしていた。しかし、恋をして、それまでの生活を失い、今は、盗賊団の一員になっている。都も、婆自身も、かつて持っていたものを失い、荒《すさ》みはてた今がある。婆のモノローグともいえる心中語が続く。

その上、貌《かたち》も変れば、心も変つた。始めて娘と今の夫との関係を知つた時、自分は、泣いて騒いだ覚えがある。が、かうなつて見れば、それも、当り前の事としか思はれない。盗みをする事も、人を殺す事も、慣れれば、家業と同じである。云はゞ京の大路小路に、雑草がはへたやうに、自分の心も、もう荒んだ事を、苦にしない程、荒んでしまつた。が、一方から見れば又、すべてが変つたやうで、変つてゐない。娘の今してゐる事と、自分の昔した事とは、存外似よつた所がある。あの太郎と次郎とにしても、やはり今の夫の若かつた頃と、やる事に大した変りはない。かうして人間は、何時までも同じ事を繰返して行くのであらう。さう思へば、都も昔の都なら、自分も昔の自分である。

形も心も荒れはて、変わってしまっている。しかし、欲望にかられて人と争い、大切なものを失っていくことが人間の本性だと見るなら、むかしも今も何も変わっていないともいえる。婆の語るさびしい認識は、人間というものへの、また、世の中というものへの失望とあきらめをともなってい る。それは、「芋粥」の無位の侍の持つ、世の中の「本来の下等さ」という認識に似ているといえる。

婆の造形は、過去の姿を描いてはいるが、結局のところ、すべてが失われ、心も荒みはてているという現在の生の形に絞り込まれていく。

第三章で、太郎が語るのも、大事なものを失ってきた過去であり、すべてを失おうとしている現在である。

太郎の今

己《おれ》が右の獄《ひとや》の放免をしてゐた時の事を思へば、今では、遠い昔のやうな、心もちがする。あの時の己と今の己とを比べれば、己自身にさへ、同じ人間のやうな気はしない。あの頃の己は、三宝を敬ふ事も忘れなければ、王法に遵《したが》ふ事も怠らなかつた。それが、今では、盗みもする。時によつては、火つけもする。人を殺した事も、二度や三度ではない。ああ、昔の己は――仲間の放免と一しよになつて、何時もの七半《しちはん》を打ちながら、笑ひ興じてゐた、あの昔の己は、今の己の眼から見ると、どの位仕合せだつたかわからない。

太郎は、ふり返って、過去の自分がしあわせであったと思う。しかし、牢獄の警護をしていた太郎は、捕らわれた沙金に惹かれ、彼女が脱獄するのに手を貸す。次には、公家に仕えていた弟の次郎が盗人の疑いで投獄されたのを、沙金たちの手を借りて助けて、盗賊団に入る。

それからの己は、火もつける。人も殺す。悪事と云ふ悪事で、何一つしなかつたものはない。勿論、それも始めは、いやいやした。が、して見ると、意外に造作がない。己は何時の間にか、悪事を働くのが、人間の自然かも知れないと思ひ出した。

この独白から、現在の太郎が、下人のあからさまなエゴイズムを引きついでいると捉えられる。彼は、情にとらわれて、それまでの生き方を捨てた。その後の彼には、倫理や論理などなく、あるがままに、思うがままに悪事をおこなって生きているからである。そして、太郎は、そのような現状を肯定し、「悪事を働くのが、人間の自然」だとも語っている。猪熊の婆の認識と同様に、生きることが、自分の欲望の実現だけを求める争いに終始するなら、そのエゴイズムは、自分の生を根拠づけるアイデンティティと呼べるものではない。

己は、悪事をつむに従つて、益《ますます》沙金に愛着を感じて来た。人を殺すのも、盗みをするのも、みんなあの女故である。――現に牢を破つたのさへ、次郎を助けようと思ふ外に、一人の弟を見殺しにすると、沙金に哂はれるのを、惧《おそ》れたからであつた。――さう思ふと、猶更《なおさら》己は、何に換へても、あの女を失ひたくない。

その沙金を、己は今、肉親の弟に奪はれようとしてゐる。

では、沙金への恋は、太郎のアイデンティティになりうるのか。太郎は、「どの位仕合せだつたかわからない」と語った、むかしの自分の生活を失った代償を、沙金への恋に求める。しかし、その願いはかなわない。多情な沙金は、義父の猪熊の爺とも関係を持ち、次郎にも恋をする。そして、遂には、彼女をめぐって兄弟同士が争うことになり、今は、兄弟がおたがいを殺そうとしている。沙金を他人に奪われたくないというあからさまなエゴイズムが、肉親の情さえ打ち砕いて心を占め、太郎には、ほかのものは一切、目に入らなくなっている。

己の二十年の生涯は、沙金のあの眼の中に宿つてゐる。だから、沙金を失ふのは、今までの己を失ふのと、変りはない。

沙金を失ひ、弟を失ひ、さうしてそれと共に己自身も失つてしまふ。己はすべてを失ふ時が来たのかも知れない。

「己自身」を、沙金への恋着にしか見出せない太郎は、このままでは自分がすべてのものを失うことを予感している。婆の場合と同様に、太郎についても、多くのことばが費やされながら、つまるところ、すべてを失いつつある今の生に焦点があわされていく。

次郎の今

第四章において描かれる次郎の場合も、状況は似ている。次郎は、兄へのいとしさを残しながら、沙金を恋する気持ちから離れられない。

何で自分は、かう苦しまなければ、ならないのであらう。たつた一人の兄は、自分を敵《かたき》のやうに思つてゐる。顔を合せる毎に、こちらから口をきいても、浮かない返事をして、話の腰を折つてしまふ。それも、自分と沙金とが、今のやうな事になつて見れば、無理のない事に相違ない。が、自分は、あの女に会ふ度に、始終兄にすまないと思つてゐる。別して、会つた後のさびしい心もちでは、よく兄がいとしくなつて、人知れない涙をこぼしこぼしした。

太郎が沙金の多情を許しているのに対して、次郎は沙金を憎んでもいる。次郎は、「あの女のやうに、醜い魂と、美しい肉身を持つた人間は、外にゐない」と感じながら、それでも沙金に恋している。兄への親しみと対立、沙金への恋と憎しみ。次郎は、矛盾する多くの欲望と感情との中で、自分のアイデンティティを見失っている。そして、そんな混乱した心で、太郎を殺してしまおうという沙金のたくらみに同意してしまう。次郎は、兄を捨てる「絶望的な勇気」に身を任せる。

兄弟は、ありのままの感情で強盗になった下人を受けつぎながら、その限界も受けついでいる。たしかに、「偸盗」は、太郎次郎兄弟において、「黒洞々たる夜」に走り去った下人の未来を問おうとしていたと考えられる。やがて下人がそうなったであろうと思われるように、二人はエゴイズムにふりまわされて、「己自身」を見失っているからである。盗賊になった二人は、何も確かなものを得てはおらず、失ってきたものばかりである。もし、この喪失を打ち破ることができるなら、「羅生門」の下人に、つまりあからさまなエゴイズムに結末を与えられるだろう。

ところで、このように、登場人物たちのモノローグや心中語を使って、人物像を造形していく方法は、通常の長編小説の方法とはいえない。多くの人物が登場する長編小説なら、ふつうは、さまざまなできごとを作り、それぞれの人物の行動を外からの視点で描いていくものだろう。具体的なできごとを通して、一人一人の人物像が次第に明らかになっていき、人物の持つ幅や奥行き、さらには矛盾さえも、その中で造形されると考えられる。しかし、「偸盗」は、そのようないわゆる神の視点を持つ長編小説ではない。

さらに、猪熊の婆も、太郎も、次郎も、その人物像は、大切なものを失ってきたという点に絞り込まれて造形されている。それは、むしろ短編小説の人物造形の方法である。そして、複数の人物の今の生が類似している。つまり、「偸盗」とこれまでの短編小説との違いは、何人もの登場人物たちによって、同じような展開が重ねられていることだけである。いいかえれば、短編小説をいくつも並べていくことによって長編化しているのが、「偸盗」という作品であるといえる。

猪熊の爺の今

太郎次郎に対して、老婆のイメージを強くまとっているのが猪熊の爺である。爺は、阿濃を強姦したらしく、身ごもった阿濃の腹の子を堕胎させ、それをごまかそうとする。第五章、そこへ太郎がやってくる。太郎は、争う二人を見て、爺をけり倒して、阿濃を逃げさせる。

「人殺し。人殺し。助けてくれ。親殺しぢや。」

「莫迦な事を。誰がおぬしなぞを殺すものか。」

太郎は、膝の下に老人を押し伏せた儘、かう高らかに、嘲笑《あざわら》つた。が、それと同時に、この老爺《おやぢ》を殺したいと云ふ欲望が、抑へ難い程強く、起つて来た。殺すのには、勿論何の面倒もない。唯、一突き――あの赤く皮のたるんでゐる頸《うなじ》を、唯、一突き突きさへすれば、それでもう万事が完《をは》つてしまふ。

太郎は、沙金の多情を許しながらも、この義父との関係だけは、「殺して飽きたらない」と憎んでいた。自分に向けられた憎悪と殺意を感じて、爺は、何とか身を守ろうとする。そして、自分の過去を語りはじめる。若いとき、猪熊の婆に恋をしたこと、婆には別に「情人《をとこ》」がいて、その子供を産んでゆくえ知れずになったこと、そして、十五年もたって、かつての婆とそっくりな娘を連れた婆に再会したことを語る。

されば、昔から今日の日まで、わしが命にかけて思うたのは、唯、昔のお婆一人ぎりぢや。つまりは今の沙金一人ぎりぢやよ。それを、おぬしは、何かにつけて、わしを畜生ぢやなど、云ふ。この老爺がおぬしは、それ程憎いのか。憎ければ、一そ殺すがよい。今こゝで、殺すがよい。おぬしに殺されゝば、わしも本望ぢや。が、よいか、親を殺すからは、おぬしも、畜生ぢやぞよ。畜生が畜生を殺す――これは、面白からう。

ちょうど「羅生門」の老婆のように、太刀の柄に手をかけた太郎を恐れて、爺は弁明する。何とか、相手の反感からのがれようとする点で、爺の弁明は、老婆の弁明と共通している。しかし、老婆が、自分がとがめられないようにと正当性を装ったのに対して、爺は、正当性を装いながら、次には、ひらきなおって、太郎を自分と同じ畜生におとしめようとしていく。つまり、老婆が自分を悪ではないと言いはろうとしたのとは逆に、爺は、相手を自分と同じ悪にひきずりおろそうとする。そんな言葉にあきれて、太郎が殺意を鈍らせたとき、爺は、次のように叫ぶ。

おぬしは、今の話をほんとうだと思ふか。あれは、みんな嘘ぢや。婆が昔馴染ぢやと云ふのも、嘘なら、沙金がお婆に似てゐると云ふのも嘘ぢや。よいか。あれは、みんな嘘ぢや。が、咎《とが》めたくとも、おぬしは咎められまい。わしは嘘つきぢやよ。畜生ぢやよ。おぬしに殺されそくなつた、人でなしぢやよ。

猪熊の爺は、自分を正当化するための弁明さえ、みずから嘘だと否定してしまう。「羅生門」の老婆なら、嘘を言いはり続けようとしたかもしれないが、爺は、身を守るためのいいわけさえ投げすてて、一時、心を動かした太郎に、ののしりをあびせ続ける。爺は、アイデンティティになりうる過去さえも偽りに変えてしまう。

それでは、いったいどこに爺の生はあったのか。もはや、本当も嘘もすべて投げすてられるほどに、爺には何も残ってはいない。「羅生門」の老婆を引きつぎながら、老婆よりもはるかに爺の生は荒みきっている。

猪熊の婆も、太郎次郎兄弟も、今の状況を変える可能性を残していた。それは、混乱している欲望と感情を削り落として一つにすることである。まどい、ゆれ動く心の中心が獲得されれば、彼らの回復は不可能ではない。しかし、この猪熊の爺にはどんな回復があるというのだろうか。何を獲得すれば、この荒みきった生は回復できるのだろうか。作者は、それを計画し、構想していたはずである。

3　夜の時間――人物たちの獲得

「偸盗」の基本構造

「偸盗」の前半部分では、四人の人物たちが半生を語るが、いずれも大切なものの喪失を語る点で共通性を持つ。それに対して、阿濃は、子供を産みつつある。阿濃は、四人とは逆に、失う者ではなく産み出す者である。この作品は、そのように、喪失と獲得が交差する構造を持っている。

そして、後半部分では、偸盗たちは公家の屋敷を襲撃して、先の四人は死に直面する。そのとき、彼らはそれぞれに失ったものを取りもどしていく。死がきっかけになって、生が、あるいはアイデンティティが回復される。失ってきたものを、極限状況の中で取りもどしていくという、逆説的な展開がたどられていく。その展開は、取りもどすということの困難さを示してもいる。それが作者の構想であったと考えられる。阿濃の産む子も、その展開を助けることになる。したがって、「偸盗」の基本構造は、喪失から獲得（あるいは回復）への変化とまとめられる。くり返せば、猪熊の婆も、太郎次郎兄弟も、猪熊の爺も、同じ変化をとげていく。

そこで、「羅生門」の基本構造が、無から有への変化であったことを思い出してほしい。喪失は無に、獲得は有に通じる。つまり、「偸盗」は、「羅生門」のテーマを受けついでいるだけではなく、形を変えながらではあるが、「羅生門」の構造も受けついでいることがわかる。ただ、「羅生門」では、変化のきっかけになったのは老婆の存在であったが、「偸盗」では、人物たちの死と赤子の誕生である。下人の獲得とは異なる獲得が、四人もの人物を使って、いわば上書きされようとしていたともいえる。ただ、「羅生門」は、下人と老婆との直接的な対決によって、その抽象的な構造にリアリティーを与えていた。しかし、「偸盗」ではどうなのだろうか。

「羅生門」に似た構造の話を、いくつも重ね、くり返されるモチーフとすることで、「偸盗」が成り立っている。そのとき、登場人物たちは、リアリティーのある獲得をなしとげられるのだろうか。

冒頭の文章に見えるモチーフ

そのような疑問が生じるのは、作者の計算があまりにも周到だからである。具体的にいえば、死に直面することでの獲得というモチーフは、登場人物たちのたどる生だけではなく、作品の冒頭部分に描かれる風景にすでに登場している。

作品の冒頭で、昼の世界は次のように描かれていた。

　むし暑く夏霞のたなびいた空が、息をひそめたやうに、家々の上を掩《おほ》ひかぶさつた、七月の或日ざかりである。男の足をとめた辻には、枝の疎《まばら》な、ひよろ長い葉柳が一本、この頃流行《はや》る疫病《えやみ》にでも罹つたかと思ふ姿で、形《かた》ばかりの影を地の上に落してゐるが、此処にさへ、その日に乾いた葉を動かさうと云ふ風はない。まして、日の光に照りつけられた大路には、あまりの

暑さにめげたせいか、人通りも今は一しきりとだえて、唯さつき通つた牛車《ぎつしや》の轍《わだち》が長々とうねつてゐるばかり、

（第一章）

「羅生門」の冒頭に無人の空間が作られていたことと対応するように、「偸盗」の冒頭にも無人の世界が造形されている。「偸盗」では、それは、雨ではなく、暑さによって作り出される。この暑さに支配された世界は、人がいないだけではなく、風もなく、乾燥しきっていて湿りもない。影も、疫病にかかったような葉柳の下に、わずかに見ることができるだけである。つまり、暑さに支配されて、それに背くも、動くものもないという、無の世界が造形されている。それは、前半の人物たちの喪失の無とひびき合う。そして、文章は、次のように続く。

その車の輪にひかれた、小さな蛇《ながむし》も、切れ口の肉を青ませながら、始めは尾をぴくぴくやつてゐたが、何時か脂ぎつた腹を上へ向けて、もう鱗一つ動かさないやうになつてしまつた。どこもかしこも、炎天の埃を浴びたこの町の辻で、僅かに一滴の湿《しめ》りを点じたものがあるとすれば、それはこの蛇の切れ口から出た、腥《なまぐさ》い腐れ水ばかりであらう。

（同前）

この世界で、かろうじて動きを見せ、暑さに対して湿りを点ずるものは、蛇の死骸である。死骸だけが、世界の無にさからって存在している。

「両側に建て続いた家々は、いづれもしんと静まり返つて、その板蔀《いたじとみ》や蒲簾《かますだれ》の後では、町中の人が悉《ことごと》く、死に絶えてしまつたかとさへ疑はれる」（第三章）という表現があるように、世界は、ほとんど死に絶えたかのようで、いるはずの人間の気配も感じられない。ところが、そんな世界の中で、死と結びあわされたものだけは、存在を主張している。逆説的なモチーフは、すでに冒頭部分に描かれていたことがわかる。ほとんど死に絶えたかのような無の世界であるのに、本当に死ぬ瞬間には、ただ消え去るのではなく、何ものかを（この場合には、動きと湿りを）もたらす。

蛇の死骸の腐れ水は、作品がくり返すモチーフの前奏である。そして、次には、蛇の死骸は、もはや何の反応も示さなかった、瀕死の疫病の女と結びつけられる。

彼是その時分の事である。楚《すわえ》の先に蛇の死骸をひつかけた、町の子供が三四人、病人の小屋の外を通りかかると、中でも悪戯な一人が、遠くから及び腰になつて、その蛇を女の顔の上へ抛り上げた。（中略）今まで死んだやうになつてゐた女が、その時急に、黄いろくたるんだ瞼《まぶた》をあけて、腐つた卵の白味のやうな眼を、どんより空に据ゑながら、砂まぶれの指を一つびくりとやると、声とも息ともわからないものが、干割れた唇の奥の方から、かすかに洩れて来た……（第二章）

前半部分の昼の世界の風景に、布石のように、瀕死の世界と、死の瞬間の生の主張が配置されている。先にも見たように、モチーフを積み重ねていくことで、作品を長編化していくのが「偸盗」の作り方である。ただ、ここまでの周到さは、逆に、モチーフが頭の中で構成されている印象を与える。そして、人物たちの生の問題という、現実的でなければならない作品の中心をぼやけさせてしまいかねない。

夜の時間

後半部分を見ていこう。

世界に、夜が訪れる。昼の風景は変化し、世界は、光と影をまとう。そのことでかえって、存在の輪郭が見えはじめる。

月はまだ上らない。見渡す限り、重苦しい暗《やみ》の中に、声もなく眠つてゐる京の町は、加茂川の水面がかすかな星の光をうけて、ほのかに白く光つてゐるばかり、（中略）もしその中に一点でも、人なつかしい火がゆらめいて、かすかなもの、声が聞えるとすれば、それは、香の煙のたちこめた大寺の内陣で、金泥《きんでい》も緑青《ろくしやう》も所斑《はだら》な、孔雀明王の画像を前に、常燈明の光をたのむ参籠の人々か、さもなくば、四条五条の橋の下で、短夜を芥火《あくたび》の影に偸《ぬす》む、乞食法師の群《むれ》であらう。

昼の無の世界に、夜には、おぼろげながらも、いろいろな存在が姿を現してくる。（第六章）

その時、羅生門のほとりに、弦《つる》打ちの音がひびく。盗賊団の集合の合図である。首領の沙金は、太郎に、陸奥産の名馬を盗むという、もっとも困難な仕事を命じる。待ち構えている敵の屋敷の奥深くへの侵入を指示して、太郎を殺そうとするたくらみである。

阿濃だけを羅生門に残して、盗賊団は襲撃に出発する。そして、待ち構えていた屋敷の侍たちに迎え撃たれる。沙金は、太郎が死地にとび込んだことを確認して、退却の指示を出す。しかし、次郎も、猪熊の爺も、次々に退路を断たれていく。

猪熊の爺の前には、「屈竟な、赤痣《（あざ）》のある侍」が立ちふさがる。

> 元より年をとつた彼が、この侍の相手になる訳はない。（中略）赤痣の侍は、その後から又、のび上つて、血に染んだ太刀をふりかざした。その時もし、どこからか猿のやうなものが、走つて来て、帷子《かたびら》の裾を月にひるがへしながら、彼等の中へとびこまなかつたとしたならば、猪熊の爺は、既に、あへない最期を遂げてゐたのに相違ない。（第七章）

猿と見えたのは猪熊の婆だった。婆は、殺されかけていた爺を救おうとして、討ちあいの中に飛びこむ。そして、猛烈な争いの末に何とか敵を倒したものの、みずからも致命傷を負っていた。

老婆は、肩で息をしながら、侍の屍体の上に横たはつて、まだ相手の髻《もとどり》をとらへた、左の手もゆるめずに、しばらくは苦しさうな呻吟の声をつづけてゐたが、やがて白い眼を、ぎよろりと一つ動かすと、干からびた唇を、二三度無理に動かして、

「お爺さん。お爺さん。」と、かすかに、しかもなつかしさうに、自分の夫を呼びかけた。が、誰もこれに答へるものはない。猪熊の爺は、老女の救《すくい》を得ると共に、打物も何も投げすてゝ、こけつまろびつ、血に辷りながら、逸早くどこかへ逃げてしまつた。（中略）猪熊の婆は、次第に細つて行く声で、何度となく、夫の名を呼んだ。さうして、その度に、答へられないさびしさを、負うてゐる創《きず》の痛みよりも、より鋭く味はわされた。

（同前）

昼の時間に、婆は、すべてを失ってきた人生と、そのことへのあきらめを語っていた。しかし、夜の時間、婆は、命と引きかえに、なつかしい感情を取りもどす。愛する者の名を呼ぶことで、自分の失ったものを回復させる。しかし、爺がそれに応えることはない。婆は、失ったものを取りもどしたものの、孤独の中で死んでいく。

作品は、その前の場面で、羅生門に残った阿濃を登場させ、出産のときが迫っている様子を描いていた。

窓によりかかつた阿濃は、鼻の穴を大きくして、思入れ凌霄花《のうぜんかずら》のにほひを吸ひながら、なつかしい次郎の事を、さうして、早く日の目を見ようとして、動いてゐる胎児の事を、それからそれへと、とめどなく思ひつづけた。（中略）しかし、その児が、実際次郎の胤《たね》かどうか、それは、誰も知つてゐるものがない。阿濃自身も、この事だけは、完く口をつぐんでゐる。（中略）盗人たちは、それを見ると、益々何かと囃し立てゝ、腹の児の親さへ知らない、阿呆な彼女を嘲笑《あざわら》つた。が、阿濃は胎児が次郎の子だと云ふ事を、緊く心の中で信じてゐる。さうして、自分の恋してゐる次郎の子が、自分の腹にやどるのは、当然の事だと信じてゐる。この楼の上で、独りさびしく寝る毎に、必《かならず》夢に見るあの次郎が、親でなかつたとしたならば、誰がこの児の親であらう。――阿濃は、この時、唄をうたひながら、遠い所を見るやうな眼をして、蚊に刺されるのも知らずに、現《うつゝ》ながらの夢を見た。人間の苦しみを忘れた、しかも又人間の苦しみに色づけられた、うつくしく、傷《いたま》しい夢である。

（同前）

これは、死とは対照的な誕生を描いているはずなのだが、阿濃の獲得するものも、婆と同じように、うつくしく傷ましい。死ぬ者は、大切なものをようやく取りもどし、産む者は、大切なものだけを信じて、夢を得る。

蛇足になるが、阿濃は、「芋粥」の五位と、無垢な弱者であるという点で似ている。欲望のままに生きる者たちの中で迫害されてはいても、自分の胸の中だけに秘めた願いを抱く者として、二人は共通性を持っている。作者は、「偸盗」の中に、自分が描いてきたもののすべてを投げ入れているともいえる。

太郎と次郎の回復

太郎は、死にゆく婆のそばを、沙金に命じられた名馬を奪って走り抜けていく。自分の手柄に満足して、羅生門に向かって獲物にまたがって疾駆する。そして、その途中、野犬の群れにとり囲まれている次郎に出会う。


「次郎か。」

太郎は、我を忘れて、叫びながら、険しく眉を顰《ひそ》めて、弟を見た。次郎も片手に太刀をかざしながら、項《うなじ》を反らせて、兄を見た。さうして刹那に二人とも、相手の瞳の奥にひそんでゐる、恐しいものを感じ合つた。が、それは、文字通り刹那である。馬は、吠え吼《たけ》る犬の群に、脅されたせいであらう、首を空ざまにつとあげると、前足で大きな輪をかきながら、前よりも速《すみやか》に、空へ跳《おど》つた。後には、唯、濛々とした埃が、夜空に白く、一しきり柱になつて、舞上る。次郎は、依然として、野犬の群の中に、創を蒙つた儘、立ちすくんだ。……

太郎は――一時に、色を失つた太郎の顔には、もうさつきの微笑の影はない。彼の心の中では、何ものかが、「走れ、走れ」と囁いてゐる。唯、一時、唯、半時、走りさへすれば、それで万事が休してしまふ。彼のする事を、何時かしなくてはならない事を、犬が代つてしてくれるのである。「走れ、何故走らない？」囁きは、耳を離れない。さうだ。どうせ何時かしなくてはならない事である。

このまま放っておけば、自分の代わりに、野犬たちが争いのかたをつけてくれる。太郎は、馬の腹をけって、まっしぐらに走ろうとした。

すると忽ち又、彼の唇を衝いて、なつかしい語が、溢れて来た。「弟」である。肉親の、忘れることの出来ない「弟」である。太郎は、緊く手綱を握つた儘、血相を変へて葉噛みをした。この語の前には、一切の分別が眼底を払って、消えてしまふ。弟か沙金かの、選択を強ひられた訳ではない。直下《じきげ》にこの語が電光の如く彼の心を打つたのである。彼は空も見なかつた。路も見なかつた。月は猶更眼にはいらなかつた。唯見たのは、限りない夜である。夜に似た愛憎

（同前）

の深みである。太郎は、狂気の如く、弟の名を口外に投げると、身をのけざまに翻して、片手の手綱を、ぐいと引いた。

（同前）

「夜に似た愛憎の深み」の中で、太郎は、弟の名を呼ぶ。その弟ということばに、太郎の心は圧倒され、忘れていた大切なものがよみがえってくる。太郎は、弟を野犬の群れの中から救い出す。そして、次郎は、太郎の馬の背に乗り、「母の膝を離れてから、何年にも感じた事のない、静な、しかも力強い安息」を感じる。次郎もまた、兄の名を呼ぶことで、自分を取り戻す。

しかし、もし、太郎が、弟か沙金かの選択を強いられていたなら、別の選択をしていたかもしれない。太郎は、倫理や論理や利害で動いたのではない。ただ、ふきすさぶ感情の嵐が、彼の道を決めた。回復は偶然であり、結果はどちらに転んでもおかしくなかったと読める。しかしまた、作者は、選択を越える獲得の瞬間を描いているとも読める。

太郎次郎のプロットは、二人の問題の解決を実現している。ただ、彼らの回復が偶然のものであったこともたしかである。通常の長編小説であれば、登場人物の現実的な像を丹念に作り上げ、このような重要な場面での人物の行動を読者に納得させようとするのだろう。しかし、「偸盗」には、そのような伏線は作られてはいなかった。作者が準備したのは、昼から夜にかけての風景の変化や、蛇や疫病の女の布石であり、それは、伴奏としては耳に届いても、二人の心情の変化を保証するものにはならない。

猪熊の爺の獲得

第八章は、「羅生門の夜は、まだ明けない。」という文ではじまる。問題はまだ残っている。逃げのびてきた一団は、羅生門の下に集まる。そして、深手を負った猪熊の爺は、婆も太郎もいない中で一生を終えようとしている。

猪熊の婆も、太郎も、次郎も、死に直面して愛する者の名を呼んだ。「お爺さん」、「弟」、「兄さん」と。それが命と引きかえに呼んだ名であったから、すべてを越えて、なつかしいものが取りもどせた。しかし、猪熊の婆を見捨てて逃げ、淋しく死なせてしまった爺には、もう呼ぶ名はない。

そのとき、阿濃の産んだ赤子が登場する。爺は、ただ一つ呼ぶことのできる名を、遠い彼方に向かって言うことになる。

猪熊の爺は、寝た儘、徐《おもむろ》に手をのべて、そつと赤ん坊の指に触れた。と、赤ん坊は、針にでも刺されたやうに、忽ちいたいたしい泣き声を上げる。平六は、彼を叱らうとして、さうして又、やめた。老人の顔が――血の気を失つた、この酒肥りの老人の顔が、その時ばかりは、平生とちがつた、犯し難い厳さに、かゞやいてゐるやうな気がしたからである。その前には、沙金でさへ、恰《あたか》も何物かを待ち受けるやうに、息を凝らしながら、養父の顔を、――さうして又情人《をとこ》の顔を、眼もはなさず見つめてゐる。が、彼はまだ、口を開かない。唯、彼の顔には、秘密な喜びが、折から吹き出した明け近い風のやうに、静に、心地よく、溢れて来る。彼は、この時、暗い夜の向かうに、——人間の眼のとゞかない、遠くの空に、さびしく、冷かに明けて行く、不滅な、黎明を見たのである。

「この子は——この子は、わしの子ぢや。」

大切なものを失いつくし、取りもどすものもない爺に、「わしの子」という呼びかけが、ただ一つ残されていた。というより、産み出されていた。爺は、「生き顔より、死顔の方がよいやうぢやな」、「どうやら、前より真人間らしい顔になつた」と評されながら生を終える。爺は、すべてを失いはしたが、新たに誕生したものを自分の獲得に変えて死んでいく。阿濃の出産は、爺には得られないはずの獲得を可能にする。そこに、作者の構想の巧みさを見ることはできる。

しかし、「わしの子」と呼びかけたときに爺が得たものについては、具体的には、ほとんど何も語られていない。いくつもの同じモチーフを読んできた勢いで、爺の獲得を見ることはできても、ここには具体性や現実感が欠けている。「犯し難い厳さに、かゞや」く爺が目にしたはずの「不滅な、黎明」の意味も、誰にもわからない。描かれているのは、死と誕生の交差するモチーフの骨組みだけである。かりに、爺の見たものを想像して、死とともに誕生もあると読んでみても、自分の死を越える永遠を見たと捉えてみても、それは観念であって、爺自身の現実感のある獲得や回復にはならない。

「羅生門の夜」を明けさせるべき、最後に猪熊の爺の得たものを描き切れなかった点に、この作品の欠点が認められる。しかし、そこに欠点があるというより、この文章を書いている段階では、作者は、すでに構想の挫折を自覚していたのだろう。むしろ、モチーフを具体的な形象にすることを断念した結果、「人間の眼のとゞかない」というような形容がなされたと考えられる。

もし、猪熊の爺にもできる範囲での回復を描こうとしていたなら、つまり、全面的な解決ではなくてもいいと考えていたならば、何らかの回復は描けたかもしれない。しかし、作者は、問題を一挙に解決させるために、周到な計算や巧みな布石を重ねてきたのである。そのような解決では満足できなかったと考えられる。

「偸盗」の失敗

「偸盗」は、第九章に、阿濃の話として、夜ふけに太郎次郎兄弟が沙金を殺して去ったという結末を記す。また、十年あまり後、彼女が、「丹後守何某《なにがし》の随身《ずゐしん》」になっている太郎らしき人物を見かけたことと、同じ主人に弟も仕えているらしいという風聞を伝えて終わっている。

太郎次郎兄弟の行く先が、丹後という、「芋粥」における朔北（敦賀）の近隣であることに注目しておこう。あの野性の世界であれば、ありのままのエゴイズムを自分のアイデンティティに代えて生き続けることもできるだろう。しかし、猪熊の爺の回復は、誰の目にも見えない彼方に遠ざけられていく。下人の問題と老婆の問題とを一つの作品に組み入れ、一つのモチーフがすべてに回復をもたらす構想は、実現できたとはいいがたい。

あらためて、作品として考えれば、「偸盗」が十分な成功を得られなかった理由は、短編小説の方法を拡大して、多くの問題を一挙に解決しようとした構想そのものにあるといえる。解決のためのモチーフに対して、猪熊の爺の回復というハードルは高すぎたともいいなおせる。なぜ、あれほどに荒みきった人物を登場させる必要があったのだろうか。少なくとも、阿濃が産んだ赤子との出会いと爺の回復との間には、まだへだたりがあり、それを埋めるには多くのことばが必要だろう。

また、「偸盗」の構想の限界だけではなく、「鼻」「芋粥」と書き進めてきた芥川の中での認識の深刻化が、もう一つの理由であっただろう。「羅生門」にもどって、新しい解決を与えたとしても、もはや彼の認識の暗さが解消されるとは思われない。考えてみてほしい。どのような獲得があれば、「鼻」に描かれた傍観者の利己主義が乗り越えられるのかと。また、どのような行動があれば、「芋粥」に描かれた、世の中の本来の下等さを変えられるのかと。急速に暗さを増していった芥川の認識を、正面から打ち砕けるものなどあるのだろうか。「芋粥」まで書き進めてきた芥川にとっては、どのような解決を構想しても、絵そらごとに終わってしまうのではないだろうか。

ただ、当初の構想としては、猪熊の婆や太郎次郎兄弟の回復よりも、もっと遠い理想が、最後に登場する猪熊の爺に期待されていたと考えてみることはできる。つまり、荒みきった人物と、生まれたばかりの赤子が出会う瞬間に、もっとも大きな逆転的な獲得が描かれるという想定である。例えば、無償の愛というような、エゴイズムを切り捨てたものの誕生だろうか。無限とか、無垢とかに通じるものが獲得されると構想されていたのかもしれない。モチーフの最後の実現に、作者は、そのような奇跡を幻視していたとも考えられる。もちろん、これは、書かれていないものを推測する想像でしかない。

作品から、芥川の抱えていた現実に目を移せば、どういうことになるだろうか。かつて、失恋事件の後に、芥川は、友人への手紙に、次のように書いていた。

> 私は随分苦しい目にあつて来ました　又現にあひつゝあります　如何に血族の関族《ママ》が稀薄なものであるか　如何にイゴイズムを離れた愛が存在しないか　如何に相互の理解が不可能であるか　如何に「真」を見る事の苦しいか　さうして又如何に「真」を他人に見せしめんとする事が悲劇を齎すか
>
> （一九一五・四・二三、山本喜誉司宛書簡）

「偸盗」の登場人物は、それぞれに家族の名を呼ぶことで、エゴイズムをアイデンティティに変える。エゴイズムの負の側面は削り落とされて、自分という存在の核となる愛が取りもどされていった。つまり、彼らが取りもどすのは、見せかけだけではない愛、いいかえれば、内に愛とはうらはらなものを潜ませていない愛であり、そのような愛で結びついた家族関係であったことになる。

そう見てくれば、「偸盗」という作品は、「羅生門」以来のエゴイズムの問題に答を出すと同時に、潜在的には、芥川の体験した「イゴイズムのある愛」を解消するために構想されたと考えられる。いいかえれば、芥川は、「羅生門」の場合と同じように、現実の家族関係をひきずって「偸盗」を書いていたともいえる。そして、最後に登場する猪熊の爺に、もっとも純粋な「イゴイズムを離れた愛」の獲得を期待していたという想像も成り立つだろう。

そうだとすれば、作者が、彼の抱える現実と、書いている作品とを切り離しきれなかったことも、この作品を「失敗作」にした理由の一つであったことになる。現実と物語を区別し切れていれば、彼自身の挫折感はもっと軽いものであったかもしれない。

だが、いずれにしても、「羅生門」からはじまる問題の終焉をここに見ることができる。前章で見たように、彼の創作方法も変化しようとしていた。芥川にとって一つの季節が過ぎ去っていったと締めくくっておきたい。

付録資料　「羅生門」（全文）／芥川龍之介

　或日の暮方の事である。一人の下人が、羅生門の下で雨やみを待つてゐた。広い門の下には、この男の外《ほか》に誰もゐない。唯、所々丹塗《にぬり》の剝げた、大きな円柱《まるばしら》に、蟋蟀《きりぎりす》が一匹とまつてゐる。羅生門が、朱雀大路にある以上は、この男の外にも、雨やみをする市女笠《いちめがさ》や揉烏帽《もみえぼ》子《し》が、もう二三人はありさうなものである。それが、この男の外には誰もゐない。

　何故かと云ふと、この二三年、京都には、地震とか辻風とか火事とか饑饉とか云ふ災《わざはひ》がつゞいて起つた。そこで洛中のさびれ方は一通りではない。旧記によると、仏像や仏具を打砕いて、その丹《に》がついたり、金銀の箔がついたりした木を、路ばたにつみ重ねて、薪《たきぎ》の料《しろ》に売つてゐたと云ふ事である。洛中がその始末であるから、羅生門の修理などは、元より誰も捨て、顧《かへりみ》る者がなかつた。するとその荒れ果てたのをよい事にして、狐狸《こり》が棲む。盗人が棲む。とうとうしまひには、引取り手のない死人を、この門へ持つて来て、棄てゝ行くと云ふ習慣さへ出来た。そこで、日の目が見えなくなると、誰でも気味を悪るがつて、この門の近所へは足ぶみをしない事になつてしまつたのである。

　その代り又鴉《からす》が何処からか、たくさん集つて来た。昼間見ると、その鴉が何羽となく輪を描いて、高い鴟尾《しび》のまはりを啼きながら、飛びまはつてゐる。殊に門の上の空が、夕焼けであかくなる時には、それが胡麻をまいたやうにはつきり見えた。鴉は、勿論、門の上にある死人の肉を、啄《ついば》みに来るのである。――尤も今日は、刻限が遅いせいか、一羽も見えない。唯、所々、崩れか、つた、さうしてその崩れ目に長い草のはへた石段の上に、鴉の糞《くそ》が、点々と白くこびりついてゐるのが見える。下人は七段ある石段の一番上の段に、洗ひざらした紺の襖《あを》の尻を据ゑて、右の頬に出来た、大きな面皰《にきび》を気にしながら、ぼんやり、雨の降るのを眺めてゐた。

作者はさつき「下人が雨やみを待つてゐた」と書いた。しかし、下人は雨がやんでも、格別どうしようと云ふ当てはない。ふだんなら、勿論《もちろん》、主人の家へ帰る可き筈である。所がその主人からは、四五日前に暇を出された。前にも書いたやうに、当時京都の町は一通りならず衰微してゐた。今この下人が、永年、使はれてゐた主人から、暇を出されたのも、実はこの衰微の小さな余波に外ならない。だから「下人が雨やみを待つてゐた」と云ふよりも「雨にふりこめられた下人が、行き所がなくて、途方にくれてゐた」と云ふ方が適当である。その上、今日の空模様も少からず、この平安朝の下人のSentimentalismeに影響した。申《さる》の刻下《こくさが》りからふり出した雨は、未に上るけしきがない。そこで、下人は、何を措《お》いても差当り明日の暮しをどうにかしようとして――云はゞどうにもならない事を、どうにかしようとして、とりとめもない考へをたどりながら、さつきから朱雀大路にふる雨の音を、聞くともなく聞いてゐたのである。

雨は、羅生門をつゝんで、遠くから、ざあつと云ふ音をあつめて来る。夕闇は次第に空を低くして、見上げると、門の屋根が、斜につき出した甍《いらか》の先に、重たくうす暗い雲を支へてゐる。

どうにもならない事を、どうにかする為には、手段を選んでゐる遑《いとま》はない。選んでゐれば、築土の下か、道ばたの土の上で、饑死をするばかりである。さうして、この門の上へ持つて来て、犬のやうに棄てられてしまふばかりである。選ばないとすれば――下人の考へは、何度も同じ道を低徊《ていかい》した揚句に、やつとこの局所へ逢着《ほうちやく》した。しかしこの「すれば」は、何時までたつても、結局「すれば」であつた。下人は、手段を選ばないといふ事を肯定しながらも、この「すれば」のかたをつける為に、当然、その後に来る可き「盗人になるより外に仕方がない」と云ふ事を、積極的に肯定する丈の、勇気が出ずにゐたのである。

下人は、大きな嚔《くさみ》をして、それから、大儀さうに立上つた。夕冷えのする京都は、もう火桶《ひおけ》が欲しい程の寒さである。風は門の柱と柱との間を、夕闇と共に遠慮なく、吹きぬける。丹塗の柱にとまつてゐた蟋蟀も、もうどこかへ行つてしまつた。

下人は頸《くび》をちゞめながら、山吹の汗衫《かざみ》に重ねた、紺の襖の肩を高くして、門のまはりを見まはした。雨風の患《うれへ》のない、人目にかゝる惧《おそれ》のない、一晩楽にねられさうな所があれば、そこでともかくも、夜を明かさうと思つたからである。すると、幸門の上の楼《ろう》へ上る、幅の広い、これも丹を塗つた梯子《はしご》が眼についた。上なら、人がゐたにしても、どうせ死人ばかりである。下人はそこで、腰にさげた聖柄《ひじりづか》の太刀が鞘走《さやばし》らないやうに気をつけながら、藁草履《わらざうり》をはいた足を、その梯子の一番下の段へふみかけた。

それから、何分かの後である。羅生門の楼の上へ出る、幅の広い梯子の中段に、一人の男が、猫のやうに身をちゞめて、息を殺しながら、上の容子《ようす》を窺つてゐた。楼の上からさす火の光が、かすかに、その男の右の頬をぬらしてゐる。短い鬚《ひげ》の中に、赤く膿を持つた面皰のある頬である。下人は、始めから、この上にゐる者は、死人ばかりだと高を括つてゐた。それが、梯子を二三段上つて見ると、上では誰か火をとぼして、しかもその火を其処此処と、動かしてゐるらしい。これは、その濁つた、黄いろい光が、隅々に蜘蛛の巣をかけた天井裏に、揺れながら映つたので、すぐにそれと知れたのである。この雨の夜に、この羅生門の上で、火をともしてゐるからは、どうせ唯の者ではない。

下人は、守宮《やもり》のやうに足音をぬすんで、やつと急な梯子を、一番上の段まで這ふやうにして上りつめた。さうして体を出来る丈、平にしながら、頸を出来る丈、前へ出して、恐る恐る、楼の内を覗いて見た。

見ると、楼の内には、噂に聞いた通り、幾つかの屍骸が、無造作に棄てゝあるが、火の光の及ぶ範囲が、思つたより狭いので、数は幾つともわからない。唯、おぼろげながら、知れるのは、その中に裸の屍骸と、着物を着た屍骸とがあると云ふ事である。勿論、中には女も男もまじつてゐるらしい。さうして、その屍骸は皆、それが、嘗《かつて》、生きてゐた人間だと云ふ事実さへ疑はれる程、土を捏ねて造つた人形のやうに、口を開《あ》いたり手を延ばしたりして、ごろごろ床の上にころがつてゐた。しかも、肩とか胸とかの高くなつてゐる部分に、ぼんやりした火の光をうけて、低くなつてゐる部分の影を一層暗くしながら、永久に唖《をし》の如く黙つてゐた。

下人は、それらの屍骸の腐爛した臭気に思はず、鼻を掩つた。しかし、その手は、次の瞬間には、もう鼻を掩ふ事を忘れてゐた。或る強い感情が、殆悉この男の嗅覚を奪つてしまつたからである。
下人の眼は、その時、はじめて、其屍骸の中に蹲《うずくま》つてゐる人間を見た。檜皮色《ひはだいろ》の着物を着た、背の低い、痩せた、白髪頭の、猿のやうな老婆である。その老婆は、右の手に火をともした松の木片を持つて、その屍骸の一つの顔を覗きこむやうに眺めてゐた。髪の毛の長い所を見ると、多分女の屍骸であらう。

下人は、六分の恐怖と四分の好奇心とに動かされて、暫時は呼吸《いき》をするのさへ忘れてゐた。旧記の記者の語を借りれば、「頭身《とうしん》の毛も太る」やうに感じたのである。すると、老婆は、松の木片を、床板の間に挿して、それから、今まで眺めてゐた屍骸の首に両手をかけると、丁度、猿の親が猿の子の虱《しらみ》をとるやうに、その長い髪の毛を一本づゝ、抜きはじめた。髪は手に従つて抜けるらしい。

その髪の毛が、一本づゝ抜けるのに従つて、下人の心からは、恐怖が少しづゝ消えて行つた。さうして、それと同時に、この老婆に対するはげしい憎悪が、少しづゝ動いて来た。——いや、この老婆に対すると云つては、語弊《ごへい》があるかも知れない。寧《むしろ》、あらゆる悪に対する反感が、一分毎に強さを増して来たのである。この時、誰かがこの下人に、さつき門の下でこの男が考へてゐた、饑死をするか盗人になるかと云ふ問題を、改めて持出したら、恐らく下人は、何の未練もなく、饑死を選んだ事であらう。それほど、この男の悪を憎む心は、老婆の床《ゆか》に挿した松の木片のやうに、勢よく燃え上り出してゐたのである。

下人には、勿論、何故老婆が死人の髪の毛を抜くかわからなかつた。従つて、合理的には、それを善悪の何れに片づけてよいか知らなかつた。しかし下人にとつては、この雨の夜に、この羅生門の上で、死人の髪の毛を抜くと云ふ事が、それ丈で既に許す可からざる悪であつた。勿論、下人は、さつき迄自分が、盗人になる気でゐた事なぞは、とうに忘れてゐるのである。

そこで、下人は、両足に力を入れて、いきなり、梯子から上へ飛び上つた。そうして聖柄《ひじりづか》の太刀に手をかけながら、大股に老婆の前へ歩みよつた。老婆が驚いたのは云ふ迄もない。

老婆は、一目下人を見ると、まるで弩《いしゆみ》にでも弾かれたやうに、飛び上つた。

「おのれ、どこへ行く。」

下人は、老婆が屍骸につまづきながら、慌てふためいて逃げようとする行手を塞いで、かう罵《のゝし》つた。老婆は、それでも下人をつきのけて行かうとする。下人は又、それを行かすまいとして、押しもどす。二人は屍骸の中で、暫、無言のまゝ、つかみ合つた。しかし勝敗は、はじめから、わかつている。下人はとうとう、老婆の腕をつかんで、無理にそこへ扭《ね》ぢ倒《たほ》した。丁度、鶏の脚のやうな、骨と皮ばかりの腕である。

「何をしてゐた。云へ。云はぬと、これだぞよ。」

下人は、老婆をつき放すと、いきなり、太刀の鞘を払つて、白い鋼《はがね》の色をその眼の前へつきつけた。けれども、老婆は黙つている。両手をわなわなふるはせて、肩で息を切りながら、眼を、眼球が眶《まぶた》の外へ出さうになる程、見開いて、唖のやうに執拗《しうね》く黙つてゐる。これを見ると、下人は始めて明白にこの老婆の生死が、全然、自分の意志に支配されてゐると云ふ事を意識した。さうしてこの意識は、今までけはしく燃えてゐた憎悪の心を、何時の間にか冷ましてしまつた。後に残つたのは、唯、或仕事をして、それが円満に成就した時の、安らかな得意と満足とがあるばかりである。そこで、下人は、老婆を、見下しながら、少し声を柔らげてかう云つた。

「己は検非違使《けびゐし》の庁の役人などではない。今し方この門の下を通りかゝつた旅の者だ。だからお前に縄をかけて、どうしようと云ふやうな事はない。唯今時分、この門の上で、何をして居たのだか、それを己に話しさへすればいいのだ。」

すると、老婆は、見開いてゐた眼を、一層大きくして、ぢつとその下人の顔を見守つた。眶の赤くなつた、肉食鳥のやうな、鋭い眼で見たのである。それから、皺で、殆、鼻と一つになつた脣を、何か物でも嚙んでゐるやうに動かした。細い喉で、尖つた喉仏《のどぼとけ》の動いてゐるのが見える。その時、その喉から、鴉の啼くやうな声が、喘ぎ喘ぎ、下人の耳へ伝はつて来た。

「この髪を抜いてな、この髪を抜いてな、鬘《かつら》にせうと思うたのぢや。」

下人は、老婆の答が存外、平凡なのに失望した。さうして失望すると同時に、又前の憎悪が、冷な侮蔑と一しよに、心の中へはいつて来た。すると、その気色《けしき》が、先方へも通じたのであらう。老婆は、片手に、まだ屍骸の頭から奪《と》つた長い抜け毛を持つたなり、蟇《ひき》のつぶやくやうな声で、口ごもりながら、こんな事を云つた。

「成程な、死人《しびと》の髪の毛を抜くと云ふ事は、何ぼう悪い事かも知れぬ。ぢやが、こゝにゐる死人どもは、皆、その位な事を、されてもいゝ人間ばかりだぞよ。現在、わしが今、髪を抜いた女などはな、蛇を四寸ばかりづゝに切つて干したのを、干魚《ほしうを》だと云うて、太刀帯《たてはき》の陣へ売りに往んだわ。疫病《えやみ》にかゝつて死ななんだら、今でも売りに往んでゐた事であろ。それもよ、この女の売る干魚は、味がよいと云うて、太刀帯どもが、欠かさず菜料《さいれう》に買つてゐたさうな。わしは、この女のした事が悪いとは思うてゐぬ。せねば、饑死をするのぢやて、仕方がなくした事であろ。されば、今又、わしのしてゐた事も悪い事とは思はぬよ。これとてもやはりせねば、饑死をするぢやて、仕方がなくする事ぢやわいの。ぢやて、その仕方がない事を、よく知つてゐたこの女は、大方わしのする事も大目に見てくれるであろ。」

老婆は、大体こんな意味の事を云つた。

下人は、太刀を鞘におさめて、その太刀の柄《つか》を左の手でおさへながら、冷然として、この話を聞いてゐた。勿論、右の手では、赤く頬に膿を持つた大きな面皰を気にしながら、聞いてゐるのである。しかし、之を聞いてゐる中に、下人の心には、或勇気が生まれて来た。それは、さつき門の下で、この男には欠けてゐた勇気である。さうして、又さつきこの門の上へ上つて、この老婆を捕へた時の勇気とは、全然、反対な方向に動かうとする勇気である。下人は、饑死をするか盗人になるかに、迷はなかつたばかりではない。その時のこの男の心もちから云へば、饑死などと云ふ事は、殆、考へる事さへ出来ない程、意識の外に追ひ出されてゐた。

「きつと、さうか。」

老婆の話が完ると、下人は嘲るやうな声で念を押した。さうして、一足前へ出ると、不意に右の手を面皰から離して、老婆の襟上《えりがみ》をつかみながら、嚙みつくやうにかう云つた。

「では、己が引剝《ひはぎ》をしようと恨むまいな。己もさうしなければ、饑死をする体なのだ。」

下人は、すばやく、老婆の着物を剝ぎとつた。それから、足にしがみつかうとする老婆を、手荒く屍骸の上へ蹴倒した。梯子の口までは、僅に五歩を数へるばかりである。下人は、剝ぎとつた檜皮色の着物をわきにかゝへて、またゝく間に急な梯子を夜の底へかけ下りた。

暫、死んだやうに倒れてゐた老婆が、死骸の中から、その裸の体を起したのは、それから間もなくの事である。老婆はつぶやくやうな、うめくやうな声を立てながら、まだ燃えてゐる火の光をたよりに、梯子の口まで、這つて行つた。さうして、そこから、短い白髪を倒《さかさま》にして、門の下を覗きこんだ。外には、唯、黒洞々たる夜があるばかりである。

下人の行方は、誰も知らない。

あとがき

作品を、「引用の織物」と見る見方がある。そのことの意味は、さまざまに解釈される。小説の場合について言えば、そもそもことばを使っているということそのものが、「引用の織物」を作っているという解釈もあるだろう。しかし、「引用」を先行作品の利用や、時代状況の反映という意味で捉えるなら、芥川の作品は、まさしく「引用の織物」であるといえる。そして、作品をそのように捉えるとき、一つの作品は、さまざまな「引用」に分解されていき、拡散されていくことが多いように思われる。

本書は、その方向とは逆に、「引用」の中から、独自性を持つ「織物」が紡ぎ出されていく様子を見ようとするものである。つまり、多くの先行文学を利用しながら、芥川独自の作品世界が立ち上がってくる姿を明らかにすることをめざしている。

同時に、作品の一字一句を精確に読むことを目的の第一としつつ、さらに、作品の周辺を調査することを通して、作品が書かれていく場所に近づくことを意図している。読むことからはじめて、少しでも書く現場に迫りたいというのが、筆者の発想である。

内容については、旧著『芥川文学の方法と世界』（一九九四・四、和泉書院）以来の主張も少なくないが、あらためてより広い視野で対象を捉えなおした。また、専門の論文ではなく、より多くの読者に読んでもらえ、理解してもらえる形を心がけた。「コラム」欄を設けて配置したのも、その一つである。

そのような本書が、芥川の作品に、今までとは少し違う光をあてることができていれば幸いである。

刊行にあたっては、大阪大学出版会の川上展代さんから多くの助言を受けた。ここに記して、謝意を表しておきたい。

なお、芥川の作品の引用は、『芥川龍之介全集』全二四巻（一九九五・一一～九八・三、岩波書店）収録の本文に拠った。また、森鷗外、田山花袋、寺田寅彦、夏目漱石などの作品からの引用も、詳細は省略するが、特に注記したものを除いて、それぞれの全集・著作集の本文に拠った。ただし、旧字体は新字体に改め、読みにくい漢字には、（ ）付きでよみがなを補い、便宜上の微細な改変を施した。なお、引用の文中には、適切でない表現もあるが、原文の意図を重んじて、そのままとした。

二〇一八年一二月

著者記す。

清水康次（しみず・やすつぐ）

1954年、奈良県生まれ。京都大学大学院文学研究科国語学国文学専攻修士課程修了。大阪女子大学助教授、京都光華女子大学教授等を経て、大阪大学大学院文学研究科教授。博士（文学）（京都大学）。著書に、『芥川文学の方法と世界』（和泉書院、1994.4）、『芥川龍之介作品論集成　第4巻　舞踏会　開化期・現代物の世界』（編集共著、翰林書房、1999.6）など。論文等に、「単行本書誌」（『漱石全集』第27巻、岩波書店、1997.12）、「『白樺』における西洋美術――初期数年間の西洋美術紹介を中心に――」（『大阪大学大学院文学研究科紀要』2017.3）など。

阪大リーブル66

「羅生門」の世界と芥川文学

発行日　2019年1月25日　初版第1刷　〔検印廃止〕

著者　清水康次

発行所　大阪大学出版会
代表者　三成賢次
〒565-0871
吹田市山田丘2-7　大阪大学ウエストフロント
電話・FAX　06-6877-1614
URL　http://www.osaka-up.or.jp

印刷・製本　株式会社 遊文舎

ISBN 978-4-87259-448-5 C1395

HANDAI Live

阪大リーブル

001 ピアノはいつピアノになったか？（付録CD「歴史的ピアノの音」） 伊東信宏 編 定価 本体1700円+税

002 日本文学 二重の顔 〈成る〉ことの詩学へ 荒木浩 著 定価 本体2000円+税

003 超高齢社会は高齢者が支える 年齢差別《エイジズム》を超えて創造的老い《プロダクティブエイジング》へ 藤田綾子 著 定価 本体1600円+税

004 ドイツ文化史への招待 芸術と社会のあいだ 三谷研爾 編 定価 本体2000円+税

005 猫に紅茶を 生活に刻まれたオーストラリアの歴史 藤川隆男 著 定価 本体1700円+税

006 失われた風景を求めて 災害と復興、そして景観 鳴海邦碩・小浦久子 著 定価 本体1800円+税

007 医学がヒーローであった頃 ポリオとの闘いにみるアメリカと日本 小野啓郎 著 定価 本体1700円+税

008 歴史学のフロンティア 地域から問い直す国民国家史観 秋田茂・桃木至朗 編 定価 本体2000円+税

009 懐徳堂 墨の道 印の宇宙 懐徳堂の美と学問 湯浅邦弘 著 定価 本体1700円+税

010 ロシア 祈りの大地 津久井定雄・有宗昌子 編 定価 本体2100円+税

011 懐徳堂 江戸時代の親孝行 湯浅邦弘 編著 定価 本体1800円+税

012 能苑逍遥(上) 世阿弥を歩く 天野文雄 著 定価 本体2100円+税

013 わかる歴史・面白い歴史・役に立つ歴史 歴史学と歴史教育の再生をめざして 桃木至朗 著 定価 本体2000円+税

014 芸術と福祉 アーティストとしての人間 藤田治彦 編 定価 本体2200円+税

015 主婦になったパリのブルジョワ女性たち 一〇〇年前の新聞・雑誌から読み解く 松田祐子 著 定価 本体2100円+税

016 医療技術と器具の社会史 聴診器と顕微鏡をめぐる文化 山中浩司 著 定価 本体2200円+税

017 能苑逍遥(中) 能という演劇を歩く 天野文雄 著 定価 本体2100円+税

018 太陽光が育くむ地球のエネルギー 光合成から光発電へ 濱川圭弘・太和田善久 編著 定価 本体1600円+税

019 能苑逍遥(下) 能の歴史を歩く 天野文雄 著 定価 本体2100円+税

020 懐徳堂 市民大学の誕生 大坂学問所懐徳堂の再興 竹田健二 著 定価 本体2000円+税

021 古代語の謎を解く 蜂矢真郷 著 定価 本体2300円+税

022 地球人として誇れる日本をめざして 日米関係からの洞察と提言 松田武 著 定価 本体1800円+税

023 フランス表象文化史 美のモニュメント 和田章男 著 定価 本体2000円+税

024 懐徳堂 漢学と洋学 伝統と新知識のはざまで 岸田知子 著 定価 本体1700円+税

025 ベルリン・歴史の旅 都市空間に刻まれた変容の歴史 平田達治 著 定価 本体2200円+税

026 下痢、ストレスは腸にくる 石蔵文信 著 定価 本体1300円+税

027 セルフメディケーションのための くすりの話 那須正夫 著 定価 本体1100円+税

028 格差をこえる学校づくり 関西の挑戦 志水宏吉 編 定価 本体2000円+税

029 リン資源枯渇危機とはなにか リンはいのちの元素 大竹久夫 編著 定価 本体1700円+税

030 実況《ライブ》・料理生物学 小倉明彦 著 定価 本体1700円+税

031 **夫 源 病**
こんなアタシに誰がした
石蔵文信 著
定価 本体1300円+税

032 **ああ、誰がシャガールを理解したでしょうか?**
二つの世界間を生き延びたイディッシュ文化の末裔
圀府寺司 編著
CD付
定価 本体2000円+税

033 懐徳堂 **懐徳堂ゆかりの絵画**
奥平俊六 編著
定価 本体2000円+税

034 **試練と成熟**
自己変容の哲学
中岡成文 著
定価 本体1900円+税

035 **ひとり親家庭を支援するために**
その現実から支援策を学ぶ
神原文子 編著
定価 本体1900円+税

036 **知財インテリジェンス**
知識経済社会を生き抜く基本教養
玉井誠一郎 著
定価 本体2000円+税

037 **幕末鼓笛隊**
土着化する西洋音楽
奥中康人 著
定価 本体1900円+税

038 **ヨーゼフ・ラスカと宝塚交響楽団**
(付録CD「ヨーゼフ・ラスカの音楽」)
根岸一美 著
定価 本体2000円+税

039 **上田秋成**
絆としての文芸
飯倉洋一 著
定価 本体2000円+税

040 **フランス児童文学のファンタジー**
石澤小枝子・高岡厚子・竹田順子 著
定価 本体2200円+税

041 **東アジア新世紀**
リゾーム型システムの生成
河森正人 著
定価 本体1900円+税

042 **芸術と脳**
絵画と文学、時間と空間の脳科学
近藤寿人 編
定価 本体2200円+税

043 **グローバル社会のコミュニティ防災**
多文化共生のさきに
吉富志津代 著
定価 本体1700円+税

044 **グローバルヒストリーと帝国**
秋田茂・桃木至朗 編
定価 本体2100円+税

045 **屛風をひらくとき**
どこからでも読める日本絵画史入門
奥平俊六 著
定価 本体2100円+税

046 **アメリカ文化のサプリメント**
多面国家のイメージと現実
森岡裕一 著
定価 本体2100円+税

047 **ヘラクレスは繰り返し現われる**
夢と不安のギリシア神話
内田次信 著
定価 本体1800円+税

048 **アーカイブ・ボランティア**
国内の被災地で、そして海外の難民資料を
大西 愛 編
定価 本体1700円+税

049 **サッカーボールひとつで社会を変える**
スポーツを通じた社会開発の現場から
岡田千あき 著
定価 本体2000円+税

050 **女たちの満洲**
多民族空間を生きて
生田美智子 編
定価 本体2100円+税

051 **隕石でわかる宇宙惑星科学**
松田准一 著
定価 本体1600円+税

052 **むかしの家に学ぶ**
登録文化財からの発信
畑田耕一 編著
定価 本体1600円+税

053 **奇想天外だから史実**
天神伝承を読み解く
髙島幸次 著
定価 本体1800円+税

054 **とまどう男たち—生き方編**
伊藤公雄・山中浩司 編著
定価 本体1600円+税

055 **とまどう男たち—死に方編**
大村英昭・山中浩司 編著
定価 本体1500円+税

056 **グローバルヒストリーと戦争**
秋田茂・桃木至朗 編著
定価 本体2300円+税

057 **世阿弥を学び、世阿弥に学ぶ**
大槻文藏監修 天野文雄 編集
定価 本体2300円+税

058 **古代語の謎を解く Ⅱ**
蜂矢真郷 著
定価 本体2100円+税

059 **地震・火山や生物でわかる地球の科学**
松田准一 著
定価 本体1600円+税

060 **こう読めば面白い! フランス流日本文学**
—子規から太宰まで—
柏木隆雄 著
定価 本体2100円+税